UN DINER A VERSAILLES

CHEZ

M. DE BISMARK

Bruxelles — Imprimerie de A.-N. Lebègue et Ce, 6, rue Terrarcken.

UN DINER A VERSAILLES

CHEZ

M. DE BISMARK

PAR

ANGEL DE MIRANDA

TROISIÈME ÉDITION

BRUXELLES
OFFICE DE PUBLICITÉ
IMPRIMERIE DE A.-N. LEBÈGUE ET COMPAGNIE
RUE TERRARCKEN, 6

1871

AVANT-PROPOS.

Je suis obligé de parler de moi, et j'en demande pardon tout d'abord. Dans le récit qui va suivre, il n'y a vraiment pas moyen d'effacer ma personnalité et d'éviter le *je* prétentieux et haïssable.

Ce récit, d'autre part, je ne puis guère ne pas l'entreprendre : outre que ma profession de journaliste m'y engage spécialement, l'aventure dont j'ai été le seul héros, ou pour mieux dire la seule victime, n'en appartient pas moins au public ; les circonstances auxquelles cette aventure est liée en font un objet d'intérêt pour tout le monde et me commandent de ne point la conserver dans mon souvenir comme une chose intime et personnelle.

Je n'éprouve ni colère, ni désir de vengeance, ni besoin de pitié ; je veux raconter simplement, brutalement, sans commentaires ni développements superflus, un curieux épisode de l'invasion allemande sur la terre française.

Les journaux annoncèrent, il y a un mois, mon arrestation à Versailles, mon emprisonnement, ma translation à la forteresse de Mayence, puis, dernièrement, mon évasion. L'*Étoile belge* du 11 novembre publiait à ce sujet une note où j'annonçais le travail qui paraît aujourd'hui.

Cela dit, quelques explications avant de commencer.

Paris, la ville sympathique par excellence, où tant d'hommes ont trouvé une seconde patrie, a pour moi des titres spéciaux qui le recommandent à ma reconnaissance la plus vive.

C'est à Paris que je suis arrivé, un jour d'exil, errant et pauvre, tout meurtri de la lutte soutenue dans mon pays pour la liberté. C'est à Paris que nous avons trouvé, moi et mes compagnons d'infortune, un refuge hospitalier, l'aide moral dont notre cause avait besoin, le pain que réclamait notre indigence. La presse parisienne m'accueillit, moi i balbutiais à peine la langue nationale ; je trouvai chez elle des maîtres complaisants pour redresser mes barbarismes.

Quand l'heure du combat sonna de nouveau pour mon parti, cette presse, tant accusée de vénalité, m'ouvrit gracieusement l'arsenal dont elle dispose, afin que j'y prisse les armes nécessaires à la défense de notre révolution; plusieurs des plus vaillants luttèrent avec moi.

Au jour néfaste où Napoléon III ayant arraché le gant de la France le lança par-dessus la frontière allemande, je me trouvai au sein du journalisme parisien comme dans une famille nouvelle à laquelle m'attachaient les liens les plus étroits. Mon embarras fut extrême : mon cœur me disait d'épouser cette querelle de la France; mon esprit résistait en face d'une guerre injuste, n'ayant d'autre raison qu'une politique aux abois, d'autre but qu'un intérêt dynastique, d'autre résultat possible qu'une reculade dans la voie du progrès et une rupture de l'équilibre européen. De plus, j'étais Espagnol, c'est-à-dire du pays dont une question de politique intérieure avait servi de prétexte à cette querelle entre deux despostes, d'autant plus tenu, par cela même, d'observer une stricte neutralité.

A ce moment, l'esprit public en Espagne était fort surexcité contre la France. Le parti libéral gardait une vieille rancune contre des voisins qui, en abdiquant leur liberté entre les mains d'un autocrate, avaient créé un obstacle permanent à l'émancipation progressive des peuples de l'Europe, à commencer par l'Espagne ; quant aux autres partis, ils avaient eu successivement à se plaindre de la politique fourbe et ambiguë de l'empire. Tous les Espagnols, dans la circonstance présente, se trouvaient fort offensés du veto mis par Napoléon III à l'un des droits les plus élémentaires de la souveraineté des nations, celui du libre choix d'un chef d'État, et quoique le prince de Hohenzollern n'eût en Espagne que de rares partisans, l'opposition formelle mise à son élection par le gouvernement impérial avait froissé le sentiment public dans toute la péninsule.

Ces circonstances réunies rendaient ma position fort délicate ; je remplissais en France des fonctions officielles, et en même temps j'étais attaché à la rédaction d'un journal parisien qui avait rendu, dès sa création, de grands services à notre cause révolutionnaire.

Ce journal, cependant, avait eu la malheureuse inspiration de soutenir la guerre *à priori*, et depuis l'incident Hohenzollern, il était monté à un diapason des plus belliqueux.

Les réclamations diplomatiques dont l'incident fut accompagné au début donnèrent lieu à des accusations de mauvaise foi et de mauvais vouloir dirigées contre le gouvernement espagnol. Ce journal m'ouvrit ses colonnes pour y défendre mes amis politiques, et c'est à la suite de cette circonstance que je devins rédacteur responsable de toute la partie étrangère du *Gaulois*. Depuis le commencement des réclamations diplomatiques dont je viens de parler, cette partie du journal porta ma signature.

L'attitude du *Gaulois* ne tarda guère à rendre ma position très-difficile. Forcé de garder un poste compromettant, je m'efforçai de mettre dans mes articles la plus grande discrétion, me bornant, au début de la campagne, à donner des extraits de journaux étrangers, des nouvelles, et m'abstenant le plus possible de commentaires.

La guerre avançait; un succès aussi inattendu qu'incontestable couronnait les armes prussiennes. Ces victoires successives devenaient à mes yeux, comme aux yeux de tant d'autres, un danger pour toute la race latine et une menace pour l'équilibre européen. Le désastre de Sedan, l'intention avouée par la Prusse de s'annexer l'Alsace et la Lorraine vinrent mettre le comble à mes appréhensions.

Depuis 1815, le droit international poursuit cet

idéal : l'abolition du droit de conquête ; d'après les idées modernes, toute annexion, dans le cas extrême où elle aurait été reconnue indispensable, doit être accomplie, ratifiée par le suffrage universel, seule expression légitime de la souveraineté nationale.

L'annexion de l'Alsace et de la Lorraine, accomplie par la Prusse dans les circonstances que nous connaissons, devait être considérée comme un acte de violence odieuse, un retour pur et simple aux époques les plus néfastes où la loi de la force et le *væ victis* constituaient tout le code des nations.

Dès ce moment, la protestation devenait un devoir; toutefois la loi de neutralité me commandant la prudence, je m'abstins encore d'élever la voix contre la politique envahissante de la Prusse; à peine hasardai-je, dans de courts entrefilets, quelques réflexions de détail sur ce sujet brûlant.

Je ne pus m'empêcher, toutefois, de flétrir comme elle le méritait la façon toute proconsulaire dont le vainqueur traitait les provinces occupées.

Les événements se précipitaient. Un gouvernement de la défense nationale venait d'être proclamé, qui prit la forme républicaine plutôt par suite de la dissolution des pouvoirs publics réguliers que par le désir d'imposer l'opinion de ses membres à la France. Un des chefs les plus illustres de ce nouveau pouvoir, plein de l'autorité que donne un passé sans tache, un talent incontesté et l'immuable fixité des convictions, s'en alla, une branche d'olivier à la main, à la rencontre de l'envahisseur. Il fut reçu avec arrogance. M. de Bismark dont le machiavélisme procure aujourd'hui à l'Allemagne des satisfactions d'amour-propre aussi éphémères que chèrement payés, M. de Bismark refusa toute concession et posa d'une façon catégorique le droit de conquête.

Le négociateur s'en retourna et, dans un manifeste qui restera comme un titre de gloire dans les fastes du grand parti libéral, il informa l'Europe de l'échec de sa négociation.

A partir de ce moment, garder le silence devenait impossible; l'attitude du gouvernement prussien, menaçante pour toute notre race, était amplement commentée par les journaux d'Allemagne, qui proclamaient hautement la déchéance de toute la famille latine et l'avénement des Germains à l'empire du monde. J'écrivis sous ce titre : *La Prusse devant l'Europe*, un article où je condamnais, au nom du progrès humain, l'ambition de la Prusse, et où j'appelais ardemment l'intervention des neutres. Cet écrit, où se trouvait les négligences de style ordinaires de l'improvisation quotidienne, je chargeai l'un de mes amis de le corriger en épreuves ; en rétablissant certaines phrases, il y introduisit des violences de langage que je fus le premier à regretter : le roi de Prusse se trouvait qualifié de *caporal mystique*, et certaines épithètes se ressentaient de l'indignation, très-justifiable d'ailleurs, qui agitait en ce moment tous les esprits.

J'aurai voulu pouvoir effacer ces traits par trop aigres, ces expressions agressives qui, sans ajouter à la force de l'idée, devaient paraître spécialement inconvenantes sous la plume d'un écrivain appartenant à une nation neutre ; mais il était trop tard.

J'ai parlé plus haut de ma position officielle. Il y a lieu de s'étonner, d'après les idées françaises, qu'un journaliste parisien se double d'un fonctionnaire : je suis depuis deux ans l'un des chefs de mission que l'Espagne entretient dans les trois grands centres financiers de l'Europe, Londres, Paris et Amsterdam, pour gérer ses opérations de crédit. En Espagne, où les mœurs sont essentiellement démocratiques, les fonctionnaires ne forment pas, comme ailleurs, une sorte de caste privilégiée, ils n'ont point de devoirs spéciaux à remplir dans la vie commune et leur position sociale est celle de tous les citoyens. La constitution péninsulaire consacrant tout d'abord le droit que possède tout Espagnol d'exprimer ses opinions avec une liberté absolue, verbalement ou par écrit, le fonctionnaire peut user de ce droit comme tout autre citoyen. En vertu d'une telle loi et de telles habitudes, il est commun de voir des personnes constituées en haute dignité faire métier de journalistes et discuter en cette qualité les intérêts publics; ainsi, le capitaine général de Madrid soutient fréquemment dans le journal *El Puente de Alcolea* ses idées personnelles sur les affaires de l'État. Pour moi, mon gouvernement, à qui j'avais eu l'occasion, en ma qualité de publiciste, de rendre quelques modestes services, m'encourageait plutôt, malgré mes fonctions officielles, dans la voie où je m'étais engagé.

Après la publication de l'article, dont je regrettais vivement les quelques expressions violentes passées à mon insu, je pris le seul parti qui me parût digne des circonstances, celui de m'abstenir désormais de toute intervention dans la discussion politique. Dès lors, ma présence à Paris n'avait plus de raison d'être. La liquidation du semestre de notre dette, encore en cours au moment où le siége commença, était déjà terminée; toutes les obligations courantes étaient couvertes; aucune opération nouvelle n'était pendante.

J'avais été attaché, depuis le commencement

de la guerre, au cabinet de notre dernier ambassadeur, M. de Olozaga, pour travailler sous sa haute initiative à consolider la bonne entente entre la France et l'Espagne ; de ce côté aussi ma mission était finie : j'avais eu la satisfaction de contribuer, dans les limites de ma modeste influence, à faire disparaître toute trace de froissement entre le gouvernement français et celui de mon pays ; grâce à l'ancienne amitié dont m'honorent quelques membres du gouvernement provisoire et au bienveillant accueil que je trouvai auprès d'autres ; grâce aussi au prestige personnel dont M. de Olozaga jouissait à juste titre par son talent éprouvé et toute une vie consacrée à la défense de la liberté, une entente cordiale s'était rétablie rapidement entre les cabinets de Paris et de Madrid.

Ce résultat ne manquait pas d'importance, et il y avait eu quelque mérite à l'obtenir : en effet, l'opinion publique n'était pas sans s'irriter contre l'Espagne qui avait fourni le prétexte de cette guerre désastreuse ; un incident regrettable d'abord, mais qui se termina heureusement, ne laissait aucun doute à cet égard : la veille du jour où la déchéance de l'Empire fut proclamée au Corps législatif, la voiture de l'ambassadeur d'Espagne avait été assaillie devant le Palais-Bourbon : il fallut donner certaines explications à la foule, qui changea l'agression en triomphe, et escorta l'ambassadeur jusqu'à son hôtel en criant : « Vive l'Espagne ! Vive la république universelle ! »

Enfin, les hommes du nouveau pouvoir, partisans pour la plupart de la forme républicaine et rendus méfiants par vingt années de fourberies politiques, n'arrivèrent qu'après certains efforts à reconnaître le libéralisme du cabinet espagnol. La décision prise par M. de Olozaga de reconnaître un des premiers le gouvernement de la défense nationale, n'avait pas peu contribué à dissiper tout malentendu.

L'ambassadeur partit pour Madrid ; le personnel de la légation transporta ses bureaux à Tours ; je n'avais donc plus aucun devoir qui me retint à Paris. Je résolus de me rendre à Tours et d'y attendre les ordres de mon gouvernement, non pas toutefois sans tenter de resserrer encore davantage les liens qui unissaient déjà le pouvoir exécutif de mon pays et le gouvernement de la défense. Plus l'avenir s'assombrissait, plus l'attitude prussienne semblait menaçante, plus je voyais l'importance d'un accord intime entre ceux qui avaient pour mission de diriger la politique des peuples latins.

J'avais souvent l'occasion de m'entretenir dans ce sens avec un homme dont la rare énergie a trouvé une si heureuse application dans les dangers de cette crise, M. le comte de Kératry, que des relations tout intimes me permettaient de voir quotidiennement. Son concours m'avait beaucoup aidé à cimenter l'union franco-espagnole ; il me proposa, au moment de mon départ, une entrevue avec M. Jules Favre ; j'acceptai avec reconnaissance.

Il n'est point utile de rapporter ici ce qui se dit dans cette entrevue, sans le moindre caractère officiel. Il fut naturellement question des relations entre les deux peuples. Je dois dire simplement, pour rendre hommage au personnage illustre qui dirige les relations extérieures de la France, qu'il parla de l'Espagne en homme d'État plutôt qu'en homme de parti, et qu'il mit dans cet entretien toute la bienveillante bonté qui rapproche les distances.

Pour moi, je ne fis que commenter mes correspondances avec le maréchal Prim, dont l'esprit, en ce qui touche la France, peut se résumer dans cette phrase, écrite le lendemain de la bataille de Sedan (je cite de mémoire) :

« Quel épouvantable désastre ! Quelle catastrophe

» incroyable ! Mon cœur en est aussi péniblement » ému que celui du Français le plus patriote ! »

Après cette conversation, dont je sortis l'âme confiante encore dans la délivrance de la France et dans l'avenir de notre race, je ne m'occupais plus que de mes préparatifs de voyage.

I

Ce n'était pas un mince souci. L'espionnage prussien, exercé sur une vaste échelle avec une incroyable hardiesse et une grande habileté, avait rendu méfiantes les autorités françaises, et presque féroces les citoyens chargés de la police des avant-postes, les saufs-conduits nécessaires ne s'obtenaient qu'après beaucoup de difficultés, et, une fois obtenus, ils ne mettaient point à l'abri de la suspicion. De leur côté, les Prussiens, édifiés par leurs propres stratagèmes, soumettaient à un contrôle extravagant les rares personnes à qui ils permettaient de franchir leurs lignes. Il fallait donc se mettre en règle d'une façon exceptionnelle.

Les difficultés que je trouvai à me procurer les pièces nécessaires se compliquaient encore en l'absence de mon ambassadeur. Toutes furent vaincues, grâce à l'obligeance de M. de Lancaster, chargé d'affaires par intérim du Portugal, qui se mit gracieusement à ma disposition. Je me trouvai bientôt, grâce aux bons offices de ce diplomate, possesseur des pièces suivantes :

1° Un passeport du consul d'Espagne, seul fonctionnaire de mon pays qu'il y eût encore à Paris muni de l'autorité suffisante pour délivrer un tel document ;

2° D'un passeport du chargé d'affaires du Portugal, où il était dit que j'étais porteur des dépêches de cette légation ;

3° Un sauf-conduit du ministre des États-Unis, chargé de représenter la Prusse à Paris, pendant la durée de la guerre, pour les affaires de chancellerie. Mon désir de traverser les lignes prussiennes, dans la direction de Tours et de l'Espagne, était indiqué dans cette pièce, et ma demande était spécialement recommandée aux autorités militaires de la Confédération du Nord ; je réclamais l'exercice d'un droit reconnu par les usages internationaux en faveur des fonctionnaires accrédités par les puissances amies des belligérants et même des simples citoyens ;

4° Un laisser-passer du gouverneur de Paris.

Toutes ces pièces étaient délivrées au nom de M. Angel de Vallejo, vice-président de la commission des finances d'Espagne à Paris, attaché à l'ambassade d'Espagne. J'insiste sur ce point, parce que, ainsi qu'on le verra plus loin, une des accusations mises en avant pour servir de prétexte aux violences exercées contre moi, fut celle de m'être servi d'un faux nom.

Cette difficulté surmontée, d'autres se présentaient : il me fallait, pour sortir de Paris, une voiture et des chevaux, un cocher et un officier parlementaire.

La question de l'attelage fut vite résolue; l'état de siége, en rendant les bêtes de trait article de boucherie, avait produit, dans le prix des chevaux principalement, une baisse fantastique. Six chevaux de la reine Isabelle payés jadis 36,000 francs venaient d'être adjugés au Tattersall pour 1,000 francs, et les deux célèbres trotteurs envoyés à Napoléon III par l'empereur de Russie, estimés 56,000 francs, n'avaient pas trouvé acquéreur à plus de 800 francs.

Mon équipage fut bientôt prêt : un coupé des plus présentables, deux chevaux superbes et une paire de harnais fort élégants, le tout payé 600 francs.

Quant au cocher, je n'avais que l'embarras du

choix, et quel choix! De nombreuses demandes m'étaient adressées chaque jour; les domestiques pleuvaient chez moi, tous gens très-bien, accoutumés à recevoir et non à donner les services qu'ils m'offraient.

Nous convînmes de partir ensemble, trois de mes confrères et moi, l'un faisant l'office de cocher, le second de secrétaire, le troisième de groom.

Restait le parlementaire, beaucoup plus difficile à se procurer. Les commandants des lignes françaises se montraient fort avares de cette faveur, et ils avaient raison, car les Prussiens, avec leur ingéniosité habituelle, avaient réussi à tirer un assez joli parti des parlementaires qu'on leur envoyait. D'abord ils s'étaient refusés, sous divers prétextes, à en recevoir ailleurs qu'au pont de Sèvres; or, ce pont se trouve sur la ligne d'attaque du Point du Jour et du bois de Boulogne, le côté le plus faible de l'enceinte, par conséquent l'objectif principal des efforts de l'armée assiégeante. Le pont ayant sauté, le passage s'effectuait par un canot. C'était là une traversée fort longue, sans qu'il y paraisse, parce que les Prussiens avaient toujours soin de la faire durer outre mesure; en effet, à chaque parlementaire qui se présentait, le Mont-Valérien, qui commande cette zone, était obligé de suspendre son feu; les Prussiens, cependant, activaient leurs travaux avec une énergie qui n'arrêtaient plus les volées parties du fort; à la faveur de ces trêves, ils établissaient tranquillement leurs batteries d'attaque. Aussi se montraient-ils aussi empressés à répondre aux signaux parlementaires que lents à se mettre à portée de voix et à terminer la négociation qui avait fait arborer le drapeau blanc.

Ce truc découvert, il était tout naturel que les Français montrassent sous ce rapport une répugnance égale à l'enthousiasme des Prussiens.

Au ministère de la guerre, on décida que mon départ coïnciderait avec celui du ministre de Colombie et qu'un seul parlementaire servirait pour les deux.

Au dernier moment, deux de mes compagnons se ravisèrent et renoncèrent à partir. M. François Oswald, rédacteur théâtral du *Gaulois*, m'accompagna seul : c'était surtout du voyage de M. Oswald que l'on pouvait dire : « La politique est étrangère à l'événement. » Jamais il n'avait écrit une ligne qui pût le compromettre en aucune façon; son départ était justifié par l'inquiétude que lui inspirait le sort de sa famille dont il est le soutien, et qui avait quitté Paris avant le siége. Il partait en qualité de mon valet de chambre, mais son nom figurait en toutes lettres dans mes papiers.

Nous avions pris rendez-vous à la porte Maillot, le ministre de Colombie et moi ; il était porteur de la lettre du ministre de la guerre au général Ducrot qui nous accordait un parlementaire.

Un poste de garde nationaux gardait cette issue. L'aspect de la suite nombreuse du ministre mit en émoi ces braves gens ; en effet, ce diplomate, qui emmenait un grand nombre de ses nationaux, n'avait pas moins d'une dizaine de voitures derrière lui.

On nous arrête, grand tumulte au poste ; le chef, dans son trouble, déchire préipitamment l'enveloppe de la lettre adressée au général ; malgré cette lettre, on nous refuse le passage, et c'est à grand'-peine que nous pouvons avertir le quartier général de notre situation. Le général Aubert, chef de l'état-major, nous informe que le pont de Sèvres étant coupé, il n'était pas possible de franchir les lignes en voiture.

Il nous fallut rentrer à Paris fort désappointés, le ministre traînant derrière lui tout le convoi de ses nationaux, ce qui rappelait un peu la noce du *Chapeau de paille d'Italie*, — toutefois avec le rire en moins.

Il fit de nouvelles démarches qui n'aboutirent que plusieurs jours après. M. Oswald et moi, nous

nous résignâmes à partir, dans un équipage très-simplifié, où chevaux et voitures n'entraient pour rien.

Quand j'allai prendre congé du ministre de Colombie, à qui m'unissaient des relations de vieille date et une communauté d'idées et de travaux, il manifesta certaines craintes au sujet de mon voyage : on savait mes sympathies pour la France, l'air était rempli de rumeurs sur des projets d'alliance franco-espagnole, etc., etc.

— Parmi les nombreux visiteurs, ajouta-t-il, que vous avez pu rencontrer dans mon salon, je serais fort étonné s'il ne se trouvait pas au moins un ami de la Prusse...

Le lendemain, je me présentai de nouveau au quartier général de la Porte-Maillot ; de là, je fus dirigé aux avant-postes commandés par le général de Mousson. Il fallut traverser le bois de Boulogne dévasté et converti en bivouac. C'était un triste spectacle : de grands abattis d'arbres, une vaste étendue toute hérissée de pieux, car on avait coupé les taillis un peu au-dessus du pied, afin d'entraver la marche de l'ennemi ; les chalets et les kiosques transformés en magasins à fourrages, les pelouses encombrées de chevaux au piquet, des canons à la file le long des avenues, aux carrefours des barricades, des retranchements faits de terre et de branchages ; la cascade, à demi-tarie, servant de dépotoir à un poste de mobiles bretons. Ce spectacle de destruction serrait le cœur ; que serait-ce donc au jour de l'attaque? J'avais vu dans sa splendeur la villa Rothschild, qu'habitait maintenant le général commandant les avant-postes. Je la retrouvai dans un piteux état ; des chasseurs campaient dans le parc ; nous étions fort loin des gazons peignés et des corbeilles de fleurs arrosées chaque matin. Le général me donna comme parlementaire un de ses aides de camp, qui, avec une courtoisie parfaite, m'accompagna jusqu'à l'autre rive de la Seine. Là, le lieutenant Carl von Uslar, des hussards hessois, reçut mes passeports et nous pria d'attendre la réponse du quartier général, — laquelle, ajouta-t-il, *ne pouvait tarder plus d'une demi-heure.*

Nous restâmes sur la berge. Les forts avaient suspendu leur tir, mais les factionnaires des deux rives échangeaient encore, malgré les ordres, quelques balles, dont le sifflement interrompait d'une façon désagréable la monotonie de notre situation.

Trois heures s'écoulèrent ainsi. Au bout de ce

temps, le lieutenant reparut, à cheval, et nous amenant un autre voyageur, le colonel Loyd Lindsay, président de la Société internationale de secours aux blessés, de Londres, et pas de réponse à mon adresse. M. Lindsay demandait à entrer dans Paris; cette permission lui fut accordée au bout d'un quart d'heure. Nous attendions toujours; mon parlementaire s'impatientait; nous voyions, sous nos yeux, s'avancer les travaux que n'interrompait plus le feu des forts. Enfin, n'y tenant plus, nous rentrâmes au quartier général; le drapeau blanc fut retiré.

A peine le feu était-il repris, que la réponse de Versailles arriva comme par enchantement; le prince royal de Prusse M'ACCORDAIT, PAR ÉCRIT, LA PERMISSION DEMANDÉE, en ordonnant au lieutenant von Uslar de requérir une voiture à Sèvres, et de m'escorter jusqu'à Versailles.

Deuxième traversée de la Seine. M. von Uslar, un véritable gentleman correct et élégant sur son cheval de bataille comme un horse-guard un jour de parade, m'adressa force excuses, accompagnées de révérences, et nous montâmes en voiture.

Profitant de la trêve nouvelle, les soldats français qui gardaient le fort de Sèvres étaient accourus en foule sur la berge et examinaient curieusement les positions de l'ennemi. Du côté des Prussiens, pas une tête ne se montrait au-dessus des parapets : on aurait pu croire que le pont n'était pas gardé. A peine avions-nous fait quinze pas, que nous nous trouvâmes en face d'un poste nombreux, sous les armes. Je pus apprécier tout d'abord la fameuse discipline prussienne, et je n'oublierai jamais l'attitude du sous-officier, commandant le poste, en présence de mon lieutenant. Le secret de la force de cette incomparable armée me fut révélé dès cet instant.

Quelques notables de Sèvres se trouvaient là, — un prêtre, un médecin, et un grand industriel, tous gens d'une obséquiosité fort supérieure à leur patriotisme; ils déploraient avec force jérémiades les dommages que leur causait la guerre, se plaignaient de l'entêtement de Paris et montraient une faiblesse peu en rapport avec les sentiments qui animaient les Parisiens.

A Versailles, on me disait que c'était Son Excellence le comte de Bismark qui recevait les fonctionnaires civils à leur arrivée au quartier général.

Cela me fut annoncé par un colonel d'état-major, qui ajouta d'un ton ironique :

— Vous vous rendez à Tours, d'après ce que j'ai lu sur vos passeports; vous n'y trouverez plus *ces messieurs de la défense*; l'armée de la Loire est complétement défaite; Tour doit être occupé, à l'heure qu'il est, et les messieurs de la défense ont dû se sauver.

— Où croyez-vous qu'ils soient allés? demandai-je timidement.

— Que sais-je? À Bourges, à Bordeaux, peut-être à Perpignan... Oh! vous ne tarderez guère à les avoir dans votre pays.

Quelques minutes après, toujours accompagné de mon lieutenant des hussards et suivi de mon domestique improvisé, j'entrais chez M. de Bismark.

II

La maison est située dans une des rues les plus sombres du sombre Versailles ; elle est d'apparence modeste, presque nue. En entrant dans cette demeure toute spartiate, je songeai aux pillages, aux réquisitions forcées, aux wagons entiers remplis de meubles précieux expédiés en Allemagne, et j'admirais le comédien minutieux qui se cache sous le masque de franchise soldatesque du très-excellent chancelier.

Un seul factionnaire se tenait à la porte.

Dès l'antichambre, la chaleur vous prenait à la gorge : le maître se plaît dans cette température de magnanerie, favorable sans doute à l'éclosion de ses vastes projets. De grands manteaux militaires et d'énormes bottes garnissaient la pièce. A côté se tenaient une douzaine d'individus d'assez mauvaise mine qui travaillaient à un classement de papiers. L'un d'eux se leva, le chef sans doute ; il avait une longue barbe rousse.

Cet homme, qui devait jouer un certain rôle dans les aventures qui m'attendaient à Versailles, était une sorte de maître Jacques, tour à tour huissier, laquais, valet de chambre, selon les besoins, d'habitude préposé aux basses œuvres bureaucratiques de la chancellerie et mouchard perpétuellement.

M. de Bismark, en homme pratique et qui entend l'économie domestique, s'est servi pour monter sa maison militaire des principaux limiers de la police berlinoise. Ces honorables personnages, tout en lui rendant les services les plus divers, lui épargnent l'encombrement d'un personnel nombreux : — célérité et discrétion.

M. de Hatzfeld, chef du cabinet, vint me recevoir, et à son aspect, mon éternel guide le lieutenant de hussards prit aussitôt cette attitude de raideur soumise qui faisait dire à Heine : « Ils ont l'air d'avoir avalé le bâton avec lequel on les rossait jadis. »

La pièce où nous entrâmes après avoir échangé quelques mots était pleine de fumée et d'une température encore plus suffocante que celle de l'antichambre. Deux bougies brûlaient sur la cheminée, fichées dans des bouteilles et faisant deux tristes auréoles dans l'atmosphère opaque. Au milieu, sur un méchant guéridon, il y avait un broc contenant de la bière et quatre gobelets d'argent ; le reste du mobilier n'était rien moins que somptueux et fort élémentaire.

Trois personnes se tenaient là : un général qui s'esquiva à mon arrivée, puis un jeune homme vêtu d'une ample redingote bleu de ciel et de bottes fortes, enfin un grand gaillard assez mal affublé d'une interminable capote verte à collet et à doublure jaune, déboutonnée et laissant voir la chemise et les bretelles.

Ce personnage n'était autre que Son Excellence le comte de Bismark, chancelier de la Confédération de l'Allemagne du Nord, pour le moment arbitre souverain des destinées de l'Europe.

Le comte se leva et m'invita à m'asseoir en essayant un sourire aimable qui ne réussit point. Après avoir écouté le rapport que lui fit en allemand, à mon sujet, le lieutenant von Uslar, il se mit à questionner longuement cet officier sur les moindres détails relatifs à l'incident; puis, il donna des ordres au jeune homme bleu, qui se retira. Ces préliminaires terminés, il revint à moi :

— Il reste donc encore à Paris des membres du corps diplomatique et du personnel des légations? me demanda-t-il pour entrer en matière.

— Sans doute, monsieur le comte, et je vous croyais très au courant de ce fait, surtout après la note que les ministres restés à Paris ont eu l'honneur de vous adresser dernièrement pour vous demander le libre passage de leurs dépêches.

— C'est vrai; mais je ne comprends guère cette persistance à rester dans une ville assiégée et livrée à l'anarchie. En ce qui vous regarde, je suis plus étonné encore : l'ambassade d'Espagne, ce me semble, est partie depuis longtemps.

— En effet, mais il reste encore, même après mon départ, deux attachés chargés de garder les archives et de suivre le cours des événements militaires, sans compter le consul, et quelques employés de la commission des finances, dont je suis le vice-président.

Le comte parut surpris :

— J'ignorais tout cela, reprit-il; j'apprends avec étonnement qu'il existe des rapports entre votre gouvernement et ces messieurs de Paris...

Il ajouta :

— Ah! vous êtes vice-président de la commission des finances... Et comment êtes-vous parti sans nous prévenir?

— Je vous demande pardon, monsieur le comte, répondis-je, je suis arrivé aux lignes accompagné d'un parlementaire, et j'ai remis au lieutenant von Uslar les saufs-conduits que voici, d'après lesquels le prince royal a daigné m'accorder le libre passage.

En disant cela, je tendis mes papiers à M. de Bismark, qui, sentant qu'il oubliait son rang et prenait les allures d'un gendarme en faction, les repoussa du geste :

— Oh! c'est inutile, je ne doute nullement de votre identité!

Changeant brusquement de ton, il ajouta :

— Mais vous n'avez pas dîné probablement; permettez-moi de vous offrir une collation; elle ne sera pas brillante. L'heure de notre dîner est passée depuis longtemps, et nous manquons de tout à Versailles.

L'officier bleu reparut; le chancelier me présenta :

—Mon neveu, M. le comte de Bismark, qui vous fera les honneurs en mon absence. Je vous prie de m'excuser, j'ai un travail urgent; je reviendrai bientôt.

Je fus introduit dans la salle à manger, aussi piteuse d'aspect que le salon. Le système des bouteilles vides en guise de flambeaux y était continué. M. de Bismark neveu s'assit à ma gauche et M. de Hatzfeld à ma droite. On commença la « collation », largement arrosée de bordeaux et de champagne, et, sous prétexte de conversation, M. de Hatzfeld, remplaçant le chancelier, poursuivit mon interrogatoire en véritable juge d'instruction. Tout en affirmant la prompte entrée des Allemands à Paris, la défaite totale de l'armée de la Loire et la prochaine capitulation de Metz, il ne négligeait point de me questionner sur les moindres détails de la situation à Paris :

— Les cercles restent-ils encore ouverts? Y a-t-il encore du monde comme il faut? Comment font ces messieurs pour s'habituer à vivre en commun avec les sans-culottes qui exercent une tyrannie insupportable? Etc., etc.

Je répondis comme il convenait, c'est-à-dire que le patriotisme avait rapproché les distances; que, d'ailleurs, il était question non point de tyrannie, ni de sans-culottes, mais seulement de citoyens qui s'en allaient ensemble aux remparts, laissant pour plus tard le soin de régler leurs rapports mutuels.

Le chancelier rentra sur ces entrefaites, bruyant,

d'allure cavalière ; il s'installa à califourchon sur une chaise en face de moi et demanda du bourgogne. Le maître d'hôtel entra, suivi de l'homme à barbe rousse ; ils apportaient à eux deux huit bouteilles. M. de Bismark goûta la première ; c'était du Nuits ; il n'eut point de succès. Une seconde bouteille fut débouchée ; cette fois, le chancelier parut satisfait ; il examina le liquide à la lueur de la bougie et s'écria :

— Excellent ! c'est de la Romanée.

— Vous êtes connaisseur, monsieur le comte, lui répondis-je, et à ce titre, vous devez être satisfait de la cave de céans...

Il m'arrêta :

— Vous vous trompez, s'écria-t-il avec vivacité, ce vin n'est pas de la maison, il vient de l'*Hôtel des Réservoirs*. Je suis gentilhomme, et je me ferais un scrupule de faire pour moi-même la moindre réquisition. Tout ce dont j'ai besoin, je l'achète ; je ne veux pas que mes fils aient à rougir de moi. C'est ce qui vous explique, ajouta-t-il en désignant les bouteilles qui servaient de flambeaux, le dénuement qui existe ici.

Remarquant dans le sourire discret avec lequel j'accueillis ces paroles une imperceptible nuance d'incrédulité, il interpella vivement le domestique :

— Combien payez-vous cette Romanée?

— Six ou huit thalers... Excellence, balbutia le valet. C'est bien huit thalers, je crois.

A cette invocation de témoignage d'assez mauvais goût, je ne trouvai rien à répliquer. La conversation continua sur le même sujet, le comte me parlant de sa cave de Berlin.

— Cave excellente, disait-il, car j'ai un fournisseur hors ligne, le marquis de T... que vous avez dû connaître à Paris. C'est un diplomate qui a distancé Talleyrand une fois en sa vie, en forçant le ministre des affaires étrangères de l'Empereur à le faire marquis sans le savoir. Il est fils d'un riche fermier et s'appelait Lemarquis, tout court. Parvenu à se faire envoyer à Francfort comme attaché à la légation de France, il ajouta à son nom celui d'une terre que son père possédait, cela fit Lemarquis de T.; puis, peu à peu, il prit l'habitude de laisser écrire son nom en deux mots; enfin, il finit par l'écrire ainsi lui-même. Il arriva à Berlin; je connaissais l'histoire; voyant le plaisir qu'il avait de s'entendre appeler marquis, je flattai sa manie et, dans un dîner diplomatique, je fis placer sous son couvert une carte de menu où son titre se trouvait inscrit en belle ronde de la façon la plus aristocratique. Il fut touché du procédé et m'envoya, le lendemain, un panier de vins exquis, du bourgogne, qu'il recevait de *ses terres* de France. Depuis lors, il est resté mon fournisseur, et je m'en trouve bien.»

M. de Bismark racontait tout cela avec une grosse gaîté qui laissait bien peu deviner le rusé diplomate dont l'habileté tenait en ce moment toute l'Europe en suspens.

Nous parlâmes ensuite de Paris qu'il feignait de croire à bout de ressources, des Parisiens très-désireux sans doute de capituler au plus vite et maudissant les gens de l'Hôtel-de-Ville.

Je le détrompai là-dessus, et lui montrai la population de Paris tout entière décidée à se défendre jusqu'à la dernière extrémité, ce qu'il ne crut point.

— L'amour-propre les soutient maintenant, dit-il; c'est le fond du caractère français. Cela ne tiendra pas devant une souffrance réelle. On ne me fera jamais croire que Paris soit une ville héroïque, et de toutes les façons il faudra bien que nous finissions par y entrer.

— Ce ne sera pas de vive force, à moins que vous ne vous décidiez à détruire la ville par le bombardement et à sacrifier une grande partie de votre armée.

— Le mode qu'on adoptera ne me regarde point,

reprit-il, c'est l'affaire des généraux; si j'étais appelé à donner mon avis là-dessus — ce qui n'est point — je ne proposerais jamais l'attaque, parce que je pense comme vous que les Parisiens sont doués d'un courage très-actif et qu'ils opposeront une vive résistance; dans ce cas, nous subirions de grandes pertes, c'est indubitable; or, *le jeu n'en vaut pas la chandelle.* D'autant plus que nous sommes sûrs de vaincre, avec un peu de patience, grâce aux deux puissants alliés que nous avons dans la place : les rouges et la famine.

— Les rouges, cependant, me paraissent suffisamment tenus en respect par la garde nationale; quant à la famine, elle peut tarder longtemps.

— Soit! Nous attendrons des années, s'il le faut, mais nous entrerons! C'est chose décidée dans l'esprit du roi, qui veut épargner Paris autant que possible, mais qui a résolu de ne signer la paix qu'aux Tuileries. Cette idée est tellement ancrée dans la volonté du roi que Sa Majesté ayant rétabli, pour cette campagne, l'ordre de la Couronne de Fer, dans lequel on ne faisait plus de nominations depuis 1815, elle a invité les rares titulaires qui restent de cette époque à se rendre au quartier général, afin d'entrer pour la seconde fois dans la capitale au milieu de ces glorieux vétérans.

— Et vous ne craignez pas, en cas de prolongation, l'arrivée d'une armée de secours ou l'intervention de l'Europe entière?

— Où prenez-vous cette armée? Est-ce dans la Loire, où quelque bataillons, qui sont plutôt des troupeaux d'hommes que des troupes régulières, viennent d'être dispersés? Est-ce à Metz, dont la garnison affamée nous envoie chaque jour des parlementaires pour traiter de la capitulation? Détrompez-vous : la France n'a plus d'armée, et elle n'en aura pas de longtemps.

Quant aux puissances neutres, elles sont pour le moins autant nos amies que celles de la France, dont l'orgueil, la politique inquiète et agressive ont été un danger pour l'Europe depuis des siècles. Du reste, chaque pays me paraît destiné à avoir, sous peu, assez de ses affaires particulières. Au pis aller, nous n'accepterons aucune intervention étrangère dans une guerre que nous avons entreprise tout seuls et à nos risques.

— A Paris, cependant, on accordait une grande confiance à la négociation entreprise par M. Thiers.

— Cette négociation, croyez-le bien, se rapporte bien moins à la paix qu'à l'avénement des princes d'Orléans. Les Français sont par trop frivoles s'ils n'ont pas compris cela. D'ailleurs, peut-être l'ont-ils compris et n'en sont-ils que plus enchantés, à commencer par M. Jules Favres et à finir par le général Trochu. Je comprends que l'on préfère tout à la dictature de M. Gambetta, cet avocat sans clients dont tout le bagage politique consiste en péroraisons de café, et en trois discours libéralesques prononcés à la Chambre.

— Je ne crois pas qu'on ai compris dans ce sens, à Paris, la mission de M. Thiers. Dans tous les cas, on y disait que la Russie et l'Angleterre s'étaient mises d'accord pour intervenir.

— Que ne dit-on pas à Paris? La Russie et l'Angleterre d'accord!... Ha! ha! ha!

Le chancelier rit bruyamment en regardant M. de Hatzfeld, qui lui donna respectueusement la réplique par un sourire discret. Il reprit :

— Et vous autres, Espagnols, allez-vous aussi entrer dans cette terrible coalition contre nous?... C'est égal, j'aurais cru que, dans cette guerre, vous seriez nos alliés.

— Monsieur le comte plaisante!

— Pas le moins du monde. Nous avons fait la guerre un peu pour vous, et j'aurais trouvé naturel que vous marchiez à nos côtés. C'est à ce point que j'ai fait demandé au maréchal Prim, le lendemain de la déclaration de guerre, quel serait le contingent de l'Espagne. J'ai été fort surpris de voir le maréchal reculer devant les conséquences de sa politique.

— Pardon! répliquai-je vivement, l'Espagne n'a pas l'habitude de reculer, pas plus que le maréchal Prim. Si le prince de Hohenzollern n'avait pas retiré sa candidature, et s'il avait fallu se battre pour maintenir notre droit, nous nous serions battus, même contre la France.

— C'est grand dommage que les choses ne se soient point arrangées ainsi; la France se serait trouvée prise au nord et au midi, et nous serions à Paris à l'heure qu'il est. Quel réveil pour votre peuple, endormi depuis si longtemps!

Il ajouta, après un silence :

— Et quelles sont maintenant les intentions du maréchal Prim ?

— Je ne sais ; le maréchal m'honore de sa confiance, mais non jusqu'au point de m'informer de ses projets politiques.

— Eh bien! puisque vous allez le rejoindre bientôt, dites-lui de réfléchir... Je ne suis pas homme à me mêler des affaires d'autrui, et la Prusse n'a pas la moindre intention de s'immiscer dans la politique intérieure de l'Espagne ni d'aucun autre pays. Cependant on peut dire que le choix d'un prince allemand eût été pour vous une garantie de régénération... Voyez-vous, la race latine est usée; elle a accompli de grandes choses, mais aujourd'hui ses destinées sont finies, et elle est appelée à s'amoindrir peu à peu jusqu'à disparition totale — en tant que collectivité. Les hommes d'État prévoyants des pays latins doivent devancer et diriger ce mouvement de transformation, au lieu de s'épuiser en efforts stériles pour empêcher une chose fatale... Notre prince sur votre trône vous eût infusé, sans violence et sans humiliation, un peu de la séve allemande. La race germanique est jeune, vigoureuse, aussi pleine de vertu et d'initiative que vous le fûtes autrefois. C'est aux peuples du Nord qu'appartient l'avenir, et ils ne font que débuter dans le rôle glorieux qu'ils sont destinés à remplir pour le bien de l'humanité...

L'entretien prenait une tournure de plus en plus philosophique à mesure que les bouteilles se succédaient. M. de Bismark en était à la quatrième; il s'échauffait en parlant et débitait des menaces hautaines d'un ton de bonhomie protectrice.

Les deux secrétaires et mon lieutenant, qui avaient pris place à table, semblaient fascinés; l'éloquence du chancelier résonnait à leurs oreilles comme un clairon de bataille.

Évidemment, il n'y avait pour moi, mortel égaré par hasard dans le sanctuaire où un dieu rendait ses oracles en personne, qu'un seul parti à prendre : celui du silence. Ce silence calma peu à peu mon interlocuteur et fit changer le cours de l'entretien. On parla de différentes choses, mais, fatalement, nous étions ramenés au sujet palpitant : la guerre, et M. de Bismark se rallumait ; il s'exprimait avec une animation qui semblait exclure toute idée de mystification ou de duplicité. D'ailleurs, je ne pouvais être, à ses yeux, un confident bien dangereux, et je suis persuadé que, durant cet entretien dont le souvenir m'est resté assez profondément pour me permettre d'en garantir l'exactitude, le chancelier pensa tout haut.

Après avoir parlé longuement des événements de la campagne de Sedan, de la marche conquérante de l'armée confédérée, de la mission Burnside, de l'entrevue avec Jules Favre, etc., — nous revînmes de nouveau à l'occupation de Paris : c'était la marotte du chancelier.

— Ce n'est qu'à Paris, dit sentencieusement M. de Bismark, que la paix peut être signée.

— Avec qui? osai-je demander ; il me paraît difficile que le gouvernement de la défense, dont le programme a été si catégorique, puisse consentir à traiter sur les bases d'une cession territoriale...

Eh bien! nous occuperons Paris et la France aussi longtemps qu'il le faudra, et nous attendrons que le pays se constitue; nous finirons bien par trouver un gouvernement avec qui traiter, *fût-ce celui de Robert Macaire.* L'essentiel pour nous est de faire la paix aux conditions que nous demandons en toute justice, et d'avoir des garanties sérieuses du traité. Le reste nous importe peu. Et, d'ailleurs, qui nous dit que l'Empereur ne reviendra pas — ou tout au moins sa dynastie? Que peut lui reprocher la France? D'avoir été vaincu, en poursuivant le vœu le plus cher au pays : la conquête du Rhin... Je ne serai pas étonné de voir la majorité de la nation le rappeler... *Petit bonhomme vit encore!* ajouta le noble comte avec un de ses gros rires dont il a l'habitude de souligner ses effrayantes arrière-pensées. Il continua, en s'adressant à son neveu et à M. de Hatzfeld :

— A propos, je viens de recevoir une dépêche; *il arrive demain.*

Le sens de ces dernières paroles m'échappa tout d'abord. Plus tard, lorsque j'appris l'arrivée à Versailles du général de Boyer et ses entrevues avec M. de Bismark, j'acquis la certitude qu'elles désignaient l'envoyé de Bazaine, l'homme qui avait servi d'intermédiaire dans l'intrigue nouée entre Metz, Hastings et Versailles.

Je crus devoir ajouter que, à mes yeux, l'annexion de l'Alsace et de la Lorraine ne pouvait, de toutes façons, laisser espérer une paix durable.

— Dans tous les cas, répliqua M. de Bismark avec hauteur, c'est la volonté du roi... D'ailleurs, la paix, quelles que soient les conditions où elle se fasse, ne peut être qu'une trève : la France est trop vaniteuse pour nous pardonner jamais ses défaites. Demain nous consentirions à évacuer son territoire sans demander une indemnité, que son amour-propre n'en souffrirait pas moins et qu'elle nous provoquerait à une guerre nouvelle aussitôt qu'elle le pourrait. Par conséquent, notre politique, dans l'intérêt de l'Allemagne comme de l'Europe entière, doit avoir pour but d'amoindrir le plus possible et de ruiner la France, de façon à la rendre incapable, pour longtemps, de troubler la paix générale.

Ces paroles d'une impitoyable logique, froidement exprimées, me donnèrent le frisson. A ce moment, je crus lire dans le livre du Destin l'arrêt sans appel qui condamnait la France. Il y eut un silence morne, après lequel je hasardai timidement cette objection :

— Vous mettez toujours en avant, monsieur le comte, la volonté du roi, et cependant l'Europe verra toujours en vous l'arbitre suprême de cette guerre.

— En jugeant ainsi, l'Europe se tromperait; mais je crois que c'est seulement en France que l'on pense si légèrement. Ce peuple indiscipliné, accoutumé à être le jouet des aventuriers politiques, ne peut comprendre notre respect pour la monarchie, notre organisation, la solidité de notre échelle hiérarchique. Chez nous, monsieur, il n'y a d'autre volonté souveraine que celle du roi, seul le roi *veut*; parce que seul il a le droit de vouloir. Quelque haut placé que je sois, je ne suis que l'instrument de sa volonté politique, comme les généraux sont les instruments de sa volonté militaire. Quand Sa Majesté émet une idée, je suis chargé de proposer les moyens de l'exécuter, et ma gloire consiste à réussir parfois dans cette tâche. D'ailleurs, en ce moment, mon action reste absolument surbordonnée à celle des chefs d'armée... qui ne sont pas toujours de mon avis.

L'entretien durait depuis trois heures. M. de Bismark, faiblement secondé par son neveu, son secrétaire, le lieutenant et moi, venait d'achever la dernière bouteille de Romanée. Je demandai la permission de me retirer. M. de Bismark m'accompagna jusqu'à la porte et me dit, en me remettant aux mains de son neveu :

— On trouve difficilement à se loger à Versailles. J'ai donné l'ordre de vous faire préparer un appartement. Demain *je ferai mon possible* pour obtenir de l'autorité militaire qu'elle vous délivre sans retard votre sauf-conduit.

Je trouvai ma voiture à la porte ; l'ami Oswald, dans l'attitude correcte d'un bon domestique, se tenait à la portière, tandis que l'on chargeait les malles. Lui aussi avait eu à subir — à l'office — un interrogatoire assez complet de la part des gens de Son Excellence.

Cinq minutes plus tard, la voiture nous déposait au n° 18 de la rue Montbauron, où des appartements avaient été retenus « pour un personnage de distinction. » L'ordonnance qui m'avait accompagné dit au propriétaire :

— Ayez soin de ce monsieur ; c'est un grand personnage ; Son Excellence a causé avec lui pendant trois heures ; et il vient de me donner vingt francs... »

Hélas ! ma grandeur n'allait pas tarder à déchoir d'une singulière façon !

III

Je me réveillai le lendemain, l'esprit troublé par les effrayantes confidences de M. de Bismark, et résolu de poursuivre mon voyage jusqu'à Madrid, afin d'édifier sur ces choses ceux qui dirigent la politique de mon pays.

J'attendais mon sauf-conduit; de peur que la chancellerie ne m'oubliât, je mis sous enveloppe les dépêches dont j'étais porteur pour mon gouvernement et pour celui du Portugal, et je les envoyai à M. de Bismark avec prière de les faire parvenir à leur adresse.

Cela fait, je sortis. La ville était morne; la terreur prussienne pesait sur elle; les habitants se cachaient ou se glissaient dans les rues, silencieux et courbant la tête comme pour dérober à tous les yeux la honte que la servitude met au front des hommes.

J'interrogeai l'un de ces rares passants. Il me dit que les réquisitions étaient écrasantes et la discipline imposée par l'ennemi fort sévère. Il me montra un numéro du journal de la localité, annonçant qu'il cessait de paraître, l'autorité prussienne lui ayant interdit la publication de tout article sympathique à la cause nationale, *sous peine de quinze ans de travaux forcés, à subir même après la paix!* Il ajouta que, néanmoins, la rigueur de la situation se trouvait quelque peu atténuée, grâce à un officier français, M. Franchet d'Esperes qui, ayant connu dans sa jeunesse le prince royal, avait usé de sa protection pour se faire nommer commandant de la place, afin de rendre le plus de services qu'il pourrait à ses concitoyens.

Une partie de la place du château était convertie en parc d'artillerie. Le reste servait de place d'armes. J'y assistai à une parade; la tenue des troupes était aussi brillante, aussi peu négligée que s'il eût été question d'une revue passée aux *linden* de Berlin, et les mouvements s'exécutaient avec une admirable précision.

A la répulsion bien naturelle que m'inspirait un système qui change les hommes en autant de rouages d'une machine à détruire leurs semblables, se mêlait une admiration forcée pour cet ingénieux mécanisme de la discipline prussienne. En présence de ces régiments supérieurement équipés et manœuvrant avec une régularité automatique, de ces canons enfermés dans des étuis de cuir, comme des instruments précieux d'un cabinet scientifique, il ne fallait plus s'étonner de la force prussienne, mais, d'autre part, on ne pouvait se défendre d'un sentiment de colère contre un peuple qui abdiquait ainsi toute dignité, toute personnalité, pour servir une idée de violence. Tant de soldats et pas un seul citoyen, la condition de troupeau acceptée universellement sans la moindre idée de révolte : quelle infériorité dans cette puissance!

La salle à manger de l'*Hôtel des Réservoirs*, où j'allai déjeuner, était remplie d'officiers; cet hôtel était le rendez-vous des gros bonnets de l'armée. Princes et généraux y foisonnaient, et les officiers de roture n'y osaient point paraître. Je vis, assis à une table, le général de Moltke, ayant plutôt, malgré son uniforme, l'aspect d'un aumônier que d'un chef d'armée; puis une kyrielle de princes plus ou moins souverains, portant tous très-fièrement la livrée de la Prusse, marque de leur déchéance.

Grâce à mon uniforme orné de la plaque d'Isabelle et à la croix de Saint-Jean de Jérusalem que je portais au cou, je pus trouver une place modeste dans un coin, non loin de la table où se trouvaient les généraux Burnside et Sheridan, dont l'intimité avec l'état-major prussien me frappa singulièrement et me fit voir clair dans certaines négociations qui avaient été pour les malheureux Français autant de duperies.

Je repris ma promenade dans Versailles ; on me fit plusieurs offres de départ : je tiens à constater que, cette après-midi, j'aurais pu m'en aller tout simplement, sans la moindre difficulté, et continuer mon voyage en me passant du sauf-conduit que j'attendais, si j'avais eu la moindre raison de me tirer des mains des Prussiens.

Le lendemain, voyant que le fameux laissez-passer n'arrivait pas, j'allai chez M. de Bismark. Le neveu me dit que son oncle était fort occupé, que la pièce attendue n'était point arrivée encore et qu'on me l'enverrait chez moi dès sa réception.

Les paroles du ministre de Colombie me revinrent à l'esprit en ce moment ; les opinions que j'avais émises dans son salon, en présence de bien des gens, étaient loin d'être flatteuses pour la Prusse : le ministre, comme je l'ai fait observer précédemment, avait attiré là-dessus mon attention; il m'avait laissé entendre que M. de Bismark connaîtrait bientôt les sentiments que je venais d'exprimer.

Toutefois, ma conscience ne me reprochant rien; ma qualité officielle, mes papiers en règle, et surtout la parole du prince royal de Prusse me donnant des garanties qui pouvaient paraître plus que suffisantes, l'inquiétude que j'avais conçue d'abord ne tarda pas à se calmer.

Certaines phrases relatives à mon pays, dans la conversation de l'avant-veille, m'avait fait supposer une arrièrre-pensée du ministre au sujet de la candidature Hohenzollern. Je voulus éclaicir ce point, et j'écrivis au prince, qui faisait partie de l'état-major de Versailles, pour lui demander une audience.

Outre mon désir de connaître les sentiments que le prince Léopold avait gardés pour l'Espagne après sa renonciation à la couronne, je n'étais pas fâché de me rendre compte par moi-même des qualités personnelles de ce royal candidat, si choyé un moment par les hommes de mon parti.

Mais cette curiosité ne put être satisfaite. Le lendemain, comme j'étais chez moi, attendant toujours la réponse du prince et mon sauf-conduit, Oswald entra, m'annonçant la visite du général gouverneur de la place et de son aide de camp, M. de Treschow.

Ces messieurs m'attendaient au salon. Je trouvai le premier se promenant de long en large, très-agité et tenant un journal à la main. Il vint à moi précipitamment, me mit le journal sous les yeux et me dit :

— Êtes-vous l'auteur de cet article ?

Ce journal était le numéro du *Gaulois* contenant le fameux article : *la Prusse devant l'Europe*, avec la signature : Angel de Miranda.

Je répondis : Cet article est de moi.

— Mais alors, s'écria le général, vous êtes un imposteur ! Vous vous êtes présenté à M. de Bismark sous un faux nom.

— Pardon, général ! Je m'appelle Angel de Vallejo-Miranda. Ce dernier nom est celui de ma mère, que j'ai le droit de porter, d'après les lois et les mœurs espagnoles, mais dont je n'ai pas l'habitude de me servir dans les actes officiels. Voilà pourquoi il y a Angel de Vallejo, dans mes passeports, et Angel de Miranda au bas de mes articles. J'ajouterai que je me sers du moins de Miranda en France, de préférence à celui de Vallejo, à cause de la difficulté de prononciation que ce dernier offre aux Français.

— Soit! dit le général; mais, monsieur, cet article est odieux et infâme. Vous condamnez la politique prussienne! Vous appelez le roi (ici le général s'aligna et porta la main à son casque, comme s'il était à la parade) *caporal mystique!!!* C'est abominable.

Je répondis que l'article était inspiré par mes opinions personnelles, absolument libres, et par les intérêts de mon pays, que la forme, les expressions malsonnantes ne pouvaient m'être imputées à crime, vu les circonstances où l'article avait paru, etc., etc.

— C'est bien, dit le général, je vais rendre compte de vos explications à M. de Bismark, qui est fort en colère de vous avoir reçu et d'avoir causé si longuement avec un ennemi. Je vous prie de me donner votre parole d'honneur de ne pas quitter cet appartement jusqu'à notre retour.

Je donnai ma parole, en priant le général de rassurer M. de Bismark sur mon compte.

L'aide de camp Treschow, petit bonhomme à l'uniforme rapé, l'air obséquieux et fourbe, dont les façons mielleuses étaient d'autant moins sympathiques qu'elles s'efforçaient d'être plus prévenantes, sortit derrière son maître, en me faisant force révérences : il ne savait pas encore s'il avait devant lui un prisonnier d'État pur et simple, ou un étranger de qualité que la colère du grand-chancelier serait forcée d'épargner.

Aussitôt nous tînmes conseil, Oswald et moi. Il n'était rien moins que rassuré sur le dénouement de cette aventure. J'essayai de le tranquilliser, et le priai d'aller explorer les alentours de notre logement, transformé pour moi en prison. Il rentra au bout de quelques secondes et me dit que l'homme à barbe rousse arpentait le vestibule de la maison. Je m'approchais de la fenêtre, et je reconnaîs, posté dans la rue, un autre familier de la chancellerie. Cette façon d'être prisonnier sur parole me parut originale, et je pris bonne note de ces précautions, dont les Prussiens croyaient devoir renforcer un engagement d'honneur. Pourtant l'idée d'une évasion ne me vint pas. La journée s'écoula ainsi ; plus je réfléchis, plus j'acquis la certitude que mon arrestation était le résultat d'un rapport arrivé à Paris, avec le numéro du journal comme pièce de conviction.

Voyant que ma captivité se prolongeait, je fis prier le propriétaire de la maison de m'envoyer quelque nourriture en m'informant de ma situation. M. Chobert que je ne connaissais d'aucune façon, que je n'avais même point rencontré depuis mon installation chez lui, se mit courageusement à ma disposition, me pria d'accepter une place à sa table, et en attendant l'heure du dîner, sortit pour glaner quelques nouvelles.

Il revint bientôt, et m'apprit qu'un général français, arrivé tout récemment, était en conférence avec M. de Bismark, que M. Gambetta, sortit de Paris depuis cinq jours, était arrivé à Tours, et qu'il y avait publié une proclamation où les forces de Paris étaient énumérées; M. Chobert avait même copié quelques chiffres sur son portefeuille.

Soudain, un grand bruit se fit entendre dans l'escalier, la porte s'ouvrit avec fracas et les crosses de fusil résonnèrent dans l'antichambre.

Deux officiers m'attendaient au salon; l'un était M. de Treschow, qui avait échangé son attitude pateline du matin contre une autre parfaitement insolente. L'autre se distinguait surtout par un énorme hausse-col suspendu au cou à l'aide d'une forte chaîne et s'étalant d'une façon ridicule sur sa maigre pritrine. Quand l'homme marchait, cette ferblanterie s'agitait avec un grincement pareil à celui des girouettes rouillées. Ce personnage que le lieutenant Treschow qualifiait d'officier de gendarmerie, était absolument fantastique : une figure décharnée, des yeux de hibou et un nez crochu surmonté d'une paire de lunettes d'or, de longs bras ballants avec des mains qui rappelaient les pinces du homard, des jambes grêles, battues par une épée longue et mince comme une broche. Ce type d'alguazil eût fait l'honneur de feu notre inquisition.

En entrant, M. de Treschow me salua par cette phrase antique, toujours fort désagréable aux oreilles de ceux à qui elle est adressée :

— Monsieur, vous êtes notre prisonnier!

— Parfaitement, monsieur, répondis-je. Je crois inutile de vous demander des explications; toutefois, puis-je savoir, en deux mots, de quoi l'on m'accuse?

— Oh! de beaucoup de choses, mais il n'entre pas dans mes instructions de vous les détailler.

— Je vous ferai remarquer, cependant, que je suis étranger, fonctionnaire d'un État neutre, porteur de papiers en règle, et en m'arrêtant on commet une violation flagrante du droit des gens.

— Allons, allons, pas d'explication! glapit alors le monsieur qui accompagnait Treschow, et, me mettant la main au collet — selon l'antique coutume des sbires, — il me poussa dehors.

— Monsieur est officier de gendarmerie et chargé de vous arrêter, dit Treschow, comme pour justifier la violence de son compagnon.

— Je m'en aperçois!

— Il voudrait aussi visiter vos effets.

— Je n'ai rien à refuser à cet aimable gentleman.

Je me dégageai de l'étreinte du gentleman, et, entrant dans ma chambre à coucher, je remis mes effets, mon argent, mes papiers et mes clefs. L'homme de police poussait parfois de petits cris qui ressemblaient à des japements, et exprimaient sans doute la satisfaction qu'il avait de remplir ses fonctions. Comme je mettais de l'empressement à lui livrer tout, il se plaignait amèrement à Treschow de ce procédé ; il tenait absolument à opérer lui-même et à faire de la violence; il voulait saisir et non recevoir. Cette engeance se reconnaît dans tous les pays du monde. Voyant que j'avais affaire à un amateur, qui avait élevé la perquisition à la hauteur d'un art, je laissai cet homme fouiller à son aise dans mes papiers, déplier mes chemises, fourrer son nez et ses doigts crochus dans les coins les plus intimes de ma malle, mettre à son oreille les boîtes de toilette pour en interroger le creux, retourner les poches des vêtements que j'avais sur moi et promener sa patte investigatrice tout le long de ma personne.

M. de Treschow, pendant cette opération, tâchait,

par des discours bien sentis, de me faire sonder toute la profondeur de mes forfaits : oser être l'ami des ennemis de la Prusse ! Rien que la mort n'était capable..., etc.

Cependant, le gendarme n'avait pu, malgré les plus louables efforts, découvrir rien de suspect. Cela ne pouvait pas se passer ainsi. On appela Barberousse qui rôdait depuis longtemps aux alentours, et l'ont tint conseil dans le vestibule.

Soudain j'entendis de grands cris de joie ; mes gens venaient de faire une trouvaille chez le propriétaire : le carnet où se trouvaient inscrits les fameux chiffres de la proclamation Gambetta. Ordre immédiat de s'emparer de la personne de M. Chobert, fort étonné, cela se conçoit.

Ils revinrent sur moi, comme des chiens :

— Ah ! ah ! très-bien. Nous vous tenons enfin ! nous avons trouvé vos notes ; vous veniez espionner notre armée : « Douze cents canons, quatre cents coups par pièce. » Parfait. Canaille ! traître ! vous serez fusillé demain.

A toutes ces invectives, je répondis un seul mot, — que Victor Hugo a osé écrire en toutes lettres, — et je me laissai emmener.

Le bon gendarme me dit d'enlever la plaque d'Isabelle que je portais. Sur mon refus, il se chargea de l'arracher lui-même de mon uniforme avec la violence ordinaire.

Le sang me monta à la face, et je fus sur le point de sauter à la gorge du misérable. Très-heureusement, une seconde de réflexion m'arrêta.

On me fit entrer dans une voiture, en compagnie de Treschow, du gendarme et du premier mouchard de la chambre de M. de Bismark.

Deux autres argousins se chargèrent de M. Chobert et d'Oswald, qui partageait ma mauvaise fortune. On me jeta dans un cachot cellulaire de la prison de Versailles, et on m'y laissa au secret. En me quittant, M. de Treschow prit la peine de m'assurer de nouveau que je serais fusillé le lendemain à huit heures.

— Vous auriez pu garder cela pour demain, lui répondis-je, et m'épargner ainsi une nuit fort désagréable. Mais puisque me voilà prévenu, je vous prierai de me faire donner de quoi écrire et de la lumière, je voudrais adresser une lettre à M. de Bismark.

Ma demande fut accordée, et j'écrivis immédiatement au chancelier, l'informant de l'avis qui m'avait été donné de mon exécution prochaine et en appelant à sa justice de cet acte de sauvagerie exercé sur la personne d'un fonctionnaire étranger, auquel on n'avait d'autre crime à reprocher qu'un article de journal, au sujet duquel il avait fourni des explications suffisantes. Quant à l'accusation d'espionnage, se rattachant à la découverte du fameux carnet de mon prétendu complice, je la repoussai avec indignation comme une chose absurde. Ma lettre remise au guichetier, je parvins, non sans peine, à m'endormir. Je ne tiens pas à passer pour un héros, mais j'avoue, au risque d'être accusé de forfanterie, que l'idée de la mort me tourmenta moins que celle de grossir la liste des gens fusillés pour espionnage.

A une heure du matin, je fus réveillé en sursaut par un bruit de ferraille; la porte de ma cellule s'ouvrit et donna passage à un prêtre, qui tenait à la main une bougie allumée. Cet homme me dit :

— Je viens à vous, mon frère, pour accomplir une mission pénible, mais chrétienne...

Puis il se mit à débiter, d'une voix mal assurée, une longue homélie, assez embarrassée, pleine de réticences et de précautions oratoires.

Cette prétendue consolation suprême n'était qu'une suite de variations fastidieuses sur ce thème : « Faites des aveux; peut-être obtiendrez-vous par ce moyen l'indulgence de ceux qui ont votre vie entre leurs mains. »

Après avoir écouté avec beaucoup d'attention, je répondis froidement :

— Votre mission, monsieur, me paraît beaucoup moins chrétienne qu'elle n'en a l'air, et toutes vos paroles, d'ailleurs, sont parfaitement inutiles : n'ayant rien à me reprocher, je n'ai rien à révéler. Je défie tous les juges et tous les bourreaux du monde de m'arracher une confession, à moins d'inventer un roman qui satisfasse votre curiosité. Or, vous avouerez que le moment est mal choisi pour me demander une œuvre d'imagination.

L'homme balbutia :

— Puisque vous ne voulez rien dire, dans votre intérêt, faites au moins quelques déclarations qui puissent sauver vos complices, si, comme vous le donnez à entendre, ils ne sont compromis que par le fait de s'être trouvés avec vous.

— Volontiers ! Je suis prêt à faire tout ce qui dépendra de moi pour les rendre à la liberté. Je vais écrire à ce sujet une nouvelle lettre, que vous voudrez bien remettre à M. de Bismark.

— Je la ferai parvenir au gouverneur, répondit le prêtre, sans insister davantage dans la continuation de son rôle odieux et ridicule, et celui-ci la remettra à Son Excellence... Vous ferez bien de protester dans cette missive, ajouta-t-il, contre des bruits qui ont couru au sujet de vos intentions vis-à-vis du prince de Hohenzollern, à qui vous avez demandé une audience.

— Quelles intentions?... Croit-on que je voulais l'assassiner?

— Je ne sais...

J'écrivis la lettre, où je reproduisais mes explications relatives aux articles du *Gaulois*, et où je plaidais la cause de mon compagnon de voyage Oswald, et celle du malheureux propriétaire, victime de l'obligeance qu'il m'avait témoignée en m'invitant à dîner.

Le prêtre s'en alla, et je ne fus plus dérangé jusqu'à dix heures du matin, où on m'apporta l'horrible pitance de la prison — que je refusai. Ayant réussi à sauver une dizaine de francs des griffes de l'alguazil, je remis cette somme au geôlier, lui demandant en échange une nourriture possible et une entrevue avec mon ami Oswald. Le geôlier — sous-officier prussien — s'humanisa aussitôt et conduisit Oswald dans ma cellule. Celui-ci s'attendait aussi à être fusillé; j'essayai de lui communiquer un peu de ma résignation, mais le pauvre garçon se faisait bien difficilement — cela se conçoit — à l'idée des projectiles Dreyse, reçus en pleine poitrine, sans motif ni prétexte :

— Cela vous est facile à dire; vous êtes habitué!

me répondit-il avec cette gaieté du boulevardier endurci qui n'abdique point, même devant la mort.

Un nouveau visiteur se présenta ; c'était un officier armé de pied en cap, revolver à la ceinture et casque en tête.

Je crus que c'était le dénouement qui s'approchait et je dis à l'officier :

— Vous venez pour me conduire à la boucherie. Un vilain métier que vous faites là, monsieur !... Marchons !

— Vous faites erreur, répondit-il poliment, je viens pour vous conduire chez le gouverneur ; seulement je crois que vous aurez à faire ensuite un voyage assez long, et je vous conseille d'emporter des effets...

On fit venir Oswald.

— Voulez-vous rester en prison ? lui demanda l'officier.

— J'aimerais mieux autre chose.

— Eh bien ! si vous préférez accompagner M. de Miranda, suivez-nous.

Chez le gouverneur, je trouvai Treschow, — redevenu l'homme obséquieux de notre première entrevue : c'était bon signe. Il me rendit mon argent et mes papiers, hormis les laissez-passer des autorités parisiennes et le sauf-conduit délivré par l'état-major du prince royal, pièce dangereuse entre mes mains et qui eût prouvé le guet-apens où l'on m'avait attiré. — Mais il me restait le témoignage des officiers de l'état-major du général de Moussion et particulièrement de l'aide de camp qui m'avait accompagné jusqu'aux lignes prussiennes : l'existence du document leur était connue, ainsi que la parole du général allemand de me laisser traverser les lignes librement.

M. de Treschow m'annonça que j'allais être interné dans la forteresse de Mayence, en attendant que mon sort fût décidé.

Je protestai, mais faiblement, très-heureux d'échapper à la mort que j'attendais depuis vingt heures.

— Vous ne nous en voudrez pas, ajouta Treschow, c'est la loi de la guerre qui nous force d'agir ainsi ! D'ailleurs je vous promets au nom du gouverneur que l'on vous traitera avec tous les égards possibles. Ce disant, il me prit la main et me la serra à plusieurs reprises. La veille, il m'avait appelé traître ; c'était une compensation.

Malgré toutes les recommandations que je fis en partant et les assurances que l'on me donna, je crains fort que M. Chobert, notre hôte, n'ait encore eu à supporter bien des mauvais traitements. Je lui envoie ici publiquement l'expression de ma reconnaissance et de mes regrets.

On nous casa dans une voiture de réquisition, Oswald et moi, en compagnie de l'officier au revolver. Un fantassin, armé jusqu'aux dents, la baïonnette au fusil, se prélassait sur le siége, et deux cavaliers, sabre au poing, galopaient aux portières.

C'est dans cet attirail que nous nous mîmes en route pour Corbeil, notre première étape.

Peu avant le départ, il s'était passé un fait assez significatif et que je ne veux point omettre : on avait négligé de me rendre les clefs de mon appartement de Paris et la plaque que le gendarme à lunettes m'avait arrachée. Je réclamai ces objets. On se mit à la recherche du gendarme — lequel n'était autre que le chef de la police berlinoise, comme je l'ai appris ensuite. — Il fallut relancer ce limier en chef dans la demeure royale, ce qui m'étonna quelque peu. Mon étonnement redoubla lorsque, demandant l'homme de police chez le roi, je vis sortir des appartements mon éternel Barberousse, qui m'apparut dans son quatrième rôle. Il me fut impossible, malgré l'aide de ce mouchard de la chambre, de retrouver l'alguazil-mayor, ni de rentrer en possession, par conséquent, de mes clefs et de ma décoration, qui avait une certaine valeur. On promit de me la renvoyer à Mayence. Je l'attends encore.

IV

Je veux croire que l'amitié d'un grand homme est — ainsi qu'on s'est toujours plu à le répéter — un bienfait des dieux. Mais, en ce qui me concerne, les dieux ont eu une singulière façon de se montrer bienfaisants : trois heures d'intimité passées avec M. de Bismark ne m'avaient encore valu, à mon départ de Versailles, qu'une nuit d'angoisses mortelles et une perspective de voyage entièrement dépourvue d'attraits. Comme bienfait, cela ne pouvait guère compter, et sérieusement j'étais en droit d'attendre autre chose.

En attendant, je repassais dans mon esprit les

discours du chancelier, ses projets et ses plans en ce qui regarde l'Europe occidentale, ses façons d'agir sommaires. Ce qu'il m'avait dit à propos de la prépondérance du parti militaire dans les conseils du roi Guillaume me paraissent être la vérité, et cette opinion fut confirmée par la conversation que j'eus avec l'officier qui m'accompagnait.

C'était un homme instruit et bien placé pour juger la situation, d'habitude chef de bureau du département des affaires étrangères, et, en guerre, capitaine de la landwehr. Avec maintes circonlocutions, il me dit que les conditions de paix, à son avis, ne seraient point si dures si M. de Bismark n'avait à compter qu'avec lui-même, mais que, sachant combien toute concession serait impopulaire et mal reçue au conseil, d'autre part n'étant pas homme à laisser voir qu'il subissait l'influence de l'opinion d'autrui, le chancelier renchérissait d'avance sur les exigences du parti militaire, afin de n'être point distancé par les généraux.

Nous parlâmes ensuite de l'organisation politique de la Prusse, et ce qu'il me dit à ce sujet fut encore une confirmation des idées que j'avais : la Constitution n'était qu'un fantôme, l'unité fédérale qu'un prétexte pour arriver à l'absorption de l'Allemagne entière par la Prusse. Les démocrates prussiens étaient des rêveurs platoniques ou des comparses destinés à donner la réplique dans la comédie parlementaire jouée au bénéfice du gouvernement le plus autocrate du monde. C'est grâce à cette apparence d'opposition libérale que l'on faisait croire à l'existence d'un parlementarisme réel.

— C'est, d'ailleurs, parmi les fonctionnaires civils qu'il faut chercher en Prusse les seules velléités d'indépendance et de libéralisme, me dit mon gardien.

Quant à la guerre, mon compagnon de voyage ne m'apprit pas grand'chose de nouveau, mais il ne me laissa aucun doute sur la réalité des souffrances physiques et morales de l'armée allemande. Les états-majors, composés exclusivement d'aristocratie, voulaient pousser la guerre jusqu'aux dernières extrémités et acceptaient de grand cœur sa prolongation, pourvu qu'elle amenât de nouvelles victoires et de nouvelles conquêtes. Mais les petits officiers et les soldats, ceux qui avaient laissé dans la patrie une famille, une industrie en souffrance, et qui supportaient seuls tout le poids de la guerre, ceux-là soupiraient après la paix et trouvaient que l'Allemagne avait conquis assez de gloire.

Seules, les rigueurs bien connues de la discipline pouvaient étouffer dans leurs cœurs ces sentiments.

Une cruelle déception pour ces malheureux,

c'était la résistance inattendue de Paris, dont on leur avait assuré la capitulation après une semaine de siége.

— Nous souffrons plus que les assiégés eux-mêmes du blocus, continua l'officier, et l'état délabré de mon uniforme vous dit assez le service pénible auquel nous sommes astreints. Je viens de passer quinze jours aux avant-postes, et je peux dire que, pendant tout ce temps, j'ai dormi à peine quatre heures par jour. J'étais posté dans le parc de Saint-Cloud, qui a été si furieusement bombardé par les forts, et j'ai eu plus de vingt hommes de ma compagnie hors de combat sans coup férir.

Malgré la perfection de notre service d'intendance, les vivres arrivent mal, en quantité insuffisante, et le soldat, je vous l'assure, n'est point gai. Aussi demande-t-il sans cesse le bombardement. J'espère qu'il commencera bientôt, mais il faudrait, pour qu'il soit efficace, que nous passions la Seine.

— Cela ne sera pas facile.

— Nos généraux disent que oui — et ils ont fait leurs preuves, reprit mon guide, chez qui reparut l'orgueil national.

Vint le chapitre de mon arrestation. Il me fit comprendre qu'elle avait été la suite d'un rapport envoyé de Paris et complété par des renseignements fournis par M. de Solms ; quelques-uns avaient dû être récolté parmi les correspondants de journaux et autres étrangers qui se trouvaient à Versailles. Dans le rapport de Paris, je compris par ces confidences qu'il avait été question de ces entrevues avec MM. Jules Favre et de Kératry, et que l'on avait rapporté ces visites à des projets d'alliance avec l'Espagne, dont ce dernier paraissait chargé.

Il était onze heures du soir quand nous arrivâmes à Corbeil. Tout le long de la route, nous n'avions cessé de rencontrer des convois de vivres et de munitions expédiés d'Allemagne pour l'armée assiégeante.

Il faut ne pas oublier que ceci se passait le 16 octobre.

Ces convois, que je continuai à rencontrer jusqu'à Mayence, étaient à peine escortés par de faibles détachements; ils passaient sans être jamais inquiétés, ce qui me donna une triste idée de l'énergie des paysans.

A Corbeil, je fus reçu très-courtoisement par le commandant d'étape, qui était Bavarois. Malheureusement, ma feuille de route n'était autre qu'un long factum rapportant mes prétendus méfaits et l'hostilité dont je m'étais rendu coupable envers la Prusse. M. de Bismark avait daigné mettre de sa propre main en marge de cet écrit cette simple note : « Homme dangereux. A isoler. »

Dans tout mon voyage, voici ce que me valut ce malencontreux papier : dès que les chefs d'étape en prenaient connaissance, je voyais se produire un terrible phénomène : les fronts se rembrunir, les sourcils se froncer, et ces braves gens, devenus soudain féroces à mon égard, s'ingénier à me torturer. Les Bavarois, les Saxons et les Wurtembergeois passaient encore, mais chaque fois que j'avais le malheur de tomber sur un Prussien, il n'y avait guère d'avanie qu'on ne me fît.

Cela commença avec mon commandant bavarois de Corbeil, qui me reçut fort bien d'abord, et me fit même asseoir à sa table. Mais je fus victime d'un officier prussien attaché à la commanderie : — il y a toujours auprès de tout officier des armées auxiliaires qui exerce un commandement, un Prussien chargé spécialement de l'espionner et de le rappeler au sentiment de la suprématie berlinoise et à l'obéissance aveugle ; j'eus l'occasion d'observer ce système en plusieurs circonstances. — Mon Prussien de Corbeil eut, dès l'arrivée, avec mon compagnon de route une petite conférence suivie de la lecture du fameux document. Aussitôt, irruption du Prussien dans la salle à manger, invectives adressées au commandant (son supérieur) pour avoir osé me donner une place à sa table.

L'autre courba la tête, et les invectives se mirent alors à pleuvoir sur moi. J'essayai d'exprimer avec calme le sentiment que m'inspiraient de telles insultes adressées à un prisonnier. Je fus arraché violemment de table et conduit dans la prison qui regorgeait de monde ; il y avait là cent cinquante détenus dans un local capable d'en contenir tout au plus une cinquantaine ; plusieurs notables de la ville se trouvaient parmi les prisonniers. On choisit pour moi la cellule la plus triste et la plus malsaine et l'on défendit de me procurer le moindre soulagement.

Oswald, qu'on sépara de moi de mon arrivée à Corbeil, parvint à regagner Tours à travers mille aventures dont il a fait lui-même le récit dans les colonnes du *Moniteur universel*.

Malgré la défense expresse, j'obtins quelque adoucissement à ma triste position, grâce à une personne charitable dont je ne puis dévoiler le nom, de peur de l'exposer aux vengences prussiennes, mais à qui je garde une reconnaissance profonde.

Le lendemain, à 5 heures du matin, je fus hissé sur une charrette en compagnie d'un prisonnier nommé Lemaire. Le cas de ce malheureux, qui a été transporté à Erfürt, mérite d'être cité.

Une escouade prussienne s'était présentée deux jours auparavant à La Ferté et avait demandé logement et nourriture chez ce garçon, qui habitait avec son père une petite maisonnette. Les soldats n'avaient point de billet de logement, ne parlaient pas un mot de français et fouillaient partout. Le vieillard, âgé de 70 ans, s'était réfugié dans une pièce écartée, abandonnant le reste de la maison à ces forcenés. Les soldats voulant encore pénétrer dans cette chambre, Lemaire refusa d'ouvrir; alors ils tuèrent le vieillard. Le fils sauta dans la cour, où on l'arrêta, pour l'amener à Corbeil, puis en Allemagne, où il est interné.

Au départ, on me prévint que je ne pouvais parler à personne, et qu'à la moindre tentative d'évasion, l'escorte avait ordre de me fusiller sur-le-champ. C'était clair.

A la sortie de la ville, nous restâmes six heures sous une pluie battante, en attendant un convoi de malades qui devait faire route avec nous. A quelque chose malheur est bon : je dus à cette circonstance désagréable de ne point mourir de froid en route : M. Lachasse, intendant de M. Darblay, qui logeait dans son château le préfet prussien, vint à passer, et, touché de mon état vraiment piteux, il m'envoya une couverture.

Je ne puis entrer dans tous les détails de ce voyage, qui fut pour moi un véritable chemin du calvaire. Le jour, j'étais en butte aux insultes de la soldatesque qui formait l'escorte, et de celle que nous rencontrions. La nuit, on me jetait comme un chien dans un cachot ou dans un coin de corps de garde.

C'est à la compassion de quelques âmes charitables que je dois de n'être pas mort d'inanition, car on ne me donnait aucune espèce de nourriture. On jetait des fenêtres quelques morceaux de pain dans notre charrette, et dans les corps de garde, ceux qui avaient eu la charitable inspiration de venir à mon secours parlementaient avec les gardiens et arrivaient ainsi à me faire parvenir quelque secours.

Je vis s'accomplir en route des actes de violence inouïs : maisons saccagées, champs dévastés, habitants malmenés, bestiaux volés, à la barbe de leurs propriétaires, par notre escorte. Les convois se suivant de façon à former une ligne presque continue de Versailles à la frontière, c'était, pour les malheureux pays traversés, une misère et une ruine toujours renaissantes. Point de révolte : rien que la consternation et la terreur.

A Châlons, je fus promené de droite et de gauche, puis, finalement, enfermé dans un horrible bouge, en compagnie d'une quinzaine de prisonniers atteints de dyssenterie. Inutile, je pense, de m'appesantir sur les agréments d'une telle position. J'eus l'imprudence de protester contre cet ignoble traitement, ce qui me valut, de la part de l'autorité prussienne, une prolongation de séjour en cet aimable endroit ; on m'y laissa quarante-huit heures de plus, malgré les ordres de m'expédier très-rapidement. Le second jour, on amena dans la prison un malheureux enfant des environs de Reims, arrêté comme franc-tireur. Ce pauvre garçon était âgé de quatorze ans à peine; il avait la poitrine trouée, un bras cassé et un coup de feu à la jambe. Au corps de garde de Reims, où on l'avait transporté d'abord, les soldats l'avaient insulté et frappé à coups de pied.

A l'étape suivant — Nogent-l'Artaud — on me mit dans un wagon-écurie, et j'arrivai ainsi à Bar-le-Duc.

Là, un hasard heureux me fit rencontrer un commandant plus humain que les autres. C'était un maître de forges de la Prusse rhénane. Le lendemain de mon arrivée, ce galant homme me fit venir et me dit tout le regret qu'il avait de voir une personne de ma condition dans un si piteux état. Le fait est que mon voyage, et surtout mon séjour parmi les malades de Châlons, avaient fait de moi un personnage d'assez triste mine.

Le bon commandant ajouta qu'il n'osait prendre sur lui d'apporter un changement complet dans ma situation, mais qu'il allait faire son possible pour l'améliorer. C'est ainsi que je partis de Bar-le-Duc dans une voiture de seconde classe, en compagnie du procureur impérial et du sous-préfet de Vitry, prisonniers comme moi et conduits en Allemagne.

Un notable de la ville, sexagénaire, fut forcé de monter sur la locomotive, et d'accompagner le train — selon l'ordonnance récemment mise en vigueur par l'autorité prussienne. Nous croisâmes de nombreux convois d'artillerie de siége en marche vers Paris et notre voyage subit des retards considérables par suite du mauvais état des chemins défoncés par les monstrueuses pièces de la fonderie d'Essen. Chaque boulet de ces engins formidables était placé dans un panier, et vingt de ces paniers suffisaient à remplir un wagon à transport.

Mes deux nouveaux compagnons de voyage avaient été arrêtés uniquement parce que l'on craignait que leur attitude ne contribuât à rendre le conseil municipal de Vitry moins docile aux ordres prussiens; c'était là un grief d'une espèce toute nouvelle. Ils me citèrent des choses inouïes à propos de réquisitions, des exigences grotesques, tels que ressemelages de bottes et livraison d'une certaine quantité de clyso-pompes, à l'usage de MM. les officiers.

A Strasbourg, on nous permit de loger à l'hôtel sur parole. Nous visitâmes la ville, qui présentait le spectacle de désolation que l'on sait.

Le lendemain, nous mettions le pied sur la terre allemande. Quel contraste avec ce que nous nous attendions à y trouver! On nous avait assez rebattu les oreilles avec ce refrain : pays dépeuplé, campagnes désertes, sol épuisé, misère partout. Au lieu de tout cela, nous voyions l'animation et l'abondance, des vivres en quantité immense, des services d'hôpitaux admirablement organisés, des troupes fraîches, prêtes à partir au premier signal. Nos illusions à ce sujet, soigneusement entretenues jusqu'ici par les bruits absurdes mis en circulation en deçà du Rhin depuis le commencement de la guerre, nos illusions, dis-je, ne tardèrent pas à se dissiper de la façon la plus complète.

V

Il était sept heures et demie quand nous arrivâmes à Mayence.

Je songeai à ces strophes d'Henri Heine :

« Minden est une forteresse qui a de beaux remparts.
» Pourtant, j'aime peu avoir affaire avec les forteresses prus-
» siennes. »

« Nous y arrivâmes vers le soir. Les planches du pont-
» levis gémissaient d'une façon si lamentable quand nous
» le traversâmes. Au bas les sombres fossés étaient
» béants... »

Le gouverneur de la place est le prince de Holstein, frère cadet, je crois, au souverain détrôné et qui, faute de fortune suffisante, s'est trouvé dans la pénible nécessité d'endosser la livrée prussienne et d'exercer le métier de geôlier.

Ce prince a laissé partout où il a passé les souvenirs les plus aimables. « C'est, m'écrivait-on de Londres, de Berlin et de Munich, un homme plein de courtoisie et d'affabilité. »

Sans doute, ces qualités si vantées ont beaucoup perdu par suite des fonctions que le prince exerce à Mayence, où il est l'instrument des rigueurs du gouvernement prussien envers douze à quinze mille prisonniers. Le fait est que ni moi ni mes compagnons de captivité n'avons pu reconnaître le personnage sympathique que l'on m'avait dépeint. Je dois dire cependant que nous avons trouvé un homme plein de convenance et de politesse, ce qui est déjà fort joli dans un tel milieu.

Nous attendîmes jusqu'à une heure du matin que l'on voulût bien décider de notre sort. A dix heures, comme nous nous sentions mourir de faim et de fatigue, j'obtins non sans peine du commandant d'étape la permission d'aller prendre quelque nourriture en compagnie de deux soldats armés.

En rentrant, nous trouvâmes un homme au visage défait, les vêtements en désordre; c'était

M. Lesourd, premier secrétaire de l'ambassade de France à Berlin.

Comme il se trouvait à Versailles, dans sa famille, et auprès de sa mère souffrante, M. de Bismark l'avait immédiatement fait arrêter et conduire en Allemagne en qualité de prisonnier de guerre. Son voyage s'était accompli dans les conditions de sauvagerie qui forment le programme obligé de ces sortes d'expéditions sous le régime prussien. Lui aussi était accusé d'un crime tout nouveau et parfaitement original : on lui reprochait *d'avoir remis la déclaration de guerre de la France au gouvernement prussien*.

« — C'est d'une audace incroyable, avait-on dit à M. Lesourd en l'arrêtant, que l'homme qui n'a pas craint d'apporter un défi à notre glorieux monarque, ose séjourner dans la ville que Sa Majesté daigne honorer de sa royale présence! »

Il n'y avait rien à répondre à cela. Le prisonnier, tout ahuri, s'était laissé emmener, et habitué moins que personne à de pareilles aventures, il avait souffert cruellement pendant ce terrible voyage.

Comme la décision n'arrivait pas de l'état-major, le commandant prit sur lui de fixer provisoirement nos destinées respectives. Le procureur et le préfet furent laissés libres sur parole de se loger en ville.

— Quant à vous, monsieur le secrétaire Lesourd, et vous, monsieur le vice-président Vallejo-Miranda, ajouta l'officier, vous irez à la citadelle.

En vain nous protestâmes contre cet acte de justice distributive ; on nous fit comprendre que notre cas n'était point le même que celui des autres, eux n'étant que les victimes d'une autorité subalterne (le préfet de Châlons, je crois), tandis que nous avions l'honneur d'avoir mérité les rigueurs de M. le chancelier en personne.

Devant cette logique prussienne, force nous fut de suivre à pied, chargés de nos effets, la patrouille qui nous conduisit à la forteresse, par une pluie battante et sur un sol détrempé. On nous promena à travers chambrées et corps de garde, après quoi on nous remit aux mains d'un soldat ivre, qui, nous prenant bras-dessus bras-dessous, nous fit faire une course fantastique d'une demi-heure, dans la plus profonde obscurité.

Mon pauvre compagnon d'infortune se trouvait fort mal de cette promenade dantesque faite au bras d'un soudard qui trébuchait à chaque pas et ne cessait de ricaner. Enfin, le soldat nous jeta dans une vaste pièce, contenant une douzaine de lits d'hôpital. On nous y laissa jusqu'au lendemain soir, malgré nos demandes réitérées de voir le gouverneur. Le soir, nous apprîmes que nous allions être dirigés sur Francfort, de là ailleurs — on ne savait — en compagnie du procureur, du sous-préfet et d'autres prisonniers civils.

C'en était trop : je déclarai que je ne bougerais plus, que l'on pouvait m'écharper sur place, mais que je refusais de servir plus longtemps de jouet à l'arbitraire le plus ridicule. Heureusement nos compagnons de route ne se trouvèrent pas au logis à l'heure de départ du train, et nous fûmes réintégrés à la citadelle.

Le lendemain, nous pûmes voir, enfin, le gouverneur. A son air embarrassé, il était facile de s'apercevoir qu'il luttait entre son désir de nous mettre en liberté sur parole et à la crainte de déplaire à Versailles.

Aux alentours, rôdait l'éternel surveillant prussien, sous la forme d'un colonel d'état-major, et l'embarras du prince et son indécision redoublaient. Enfin, les sentiments de justice et d'humanité triomphèrent, et nous eûmes, M. Lesourd et moi, la permission de nous loger en ville, en signant un engagement semblable à celui des officiers français. D'après cet écrit, au bas duquel nous opposâmes à contre-cœur nos signatures, et en faisant des réserves mentales justifiées par les antécédents de mon arrestation, nous promettions de ne faire aucune tentative de fuite, et de correspondre par l'intermédiaire du gouverneur.

Je protestai encore une fois contre la violence dont j'étais victime, moi, citoyen d'un pays neutre, que l'on traitait en prisonnier de guerre, pour le fait d'un article de journal hostile au roi de Prusse.

Le premier usage que je fis de ma liberté fut d'envoyer une note à mon gouvernement, par l'entremise de notre ministre à Berlin; je faisais le récit de mon aventure et réclamais la protection qui m'était due.

La réponse ne se fit pas attendre : le ministre avait adressé un rapport au cabinet de Madrid, et les négociations étaient entamées pour demander ma mise en liberté. En attendant, il me recommandait à son ami le prince de Holstein et à notre ministre à Londres. Plusieurs personnes haut placées m'informèrent également qu'elles allaient travailler à mon élargissement.

Cependant, je cessai de recevoir des lettres par l'intermédiaire du gouverneur; on retenait tout ce qui m'était adressé.

La vie que l'on mène à Mayence est fort monotone. De malheureux soldats français, au nombre de 12,000 environ, sont parqués dans un camp derrière la citadelle, sans autre abri que de mauvaises tentes, très-mal nourris, soumis à une discipline rigoureuse, à des punitions sévères, à des exécutions sommaires (il y en eut trois, me dit-on, pendant mon séjour). Défense leur était faite de recevoir la visite des personnes de la ville et même des officiers prisonniers. Il suffit, d'ailleurs, pour se faire une juste idée de leur situation, de lire le règlement, affiché aux poteaux du camp :

Prescriptions relatives à la conduite à tenir par les prisonniers de guerre français vis à vis des Prussiens.

Art. 1er. Chaque prisonnier doit connaître à quelle compagnie et à quel bataillon il appartient, ainsi que le nom de ses supérieurs directs.

Art. 2. Tout le camp est sous le commandement supérieur de S. A. le prince de Holstein, gouverneur de Mayence.

Art. 3. Les prisonniers forment une compagnie présidée par un sous-officier prussien, faisant fonction de commandant de compagnie, trois autres sous-officiers faisant fonctions de sergent-major et fourrier ; 3 compagnies forment un bataillon, commandé par 1 officier ; enfin, 3 bataillons forment 1 régiment sous la conduite d'un capitaine. Non-seulement les prisonniers de guerre sont soumis aux supérieurs prussiens, mais ils doivent encore l'obéissance à leurs propres supérieurs, pour tout ce que demande l'intérêt du service intérieur.

Art. 4. En outre, les prisonniers doivent se rendre aux ordres des gendarmes français quand ceux-ci portent leurs insignes.

Art. 5 Chaque soldat prussien est le supérieur des prisonniers, sans exception de grade, et toute sentinelle doit faire usage de son arme en cas de désobéissance.

Art. 6. Chaque désobéissance sera punie sévèrement d'après les lois de guerre prussiennes. En cas de récidive, ainsi que pour les autres cas plus graves, le coupable sera puni de mort.

La même peine sera appliquée pour les voies de fait envers les supérieurs.

Art. 7 Les prisonniers doivent rendre les honneurs à tous les officiers et sous-officiers prussiens et quand ils parlent à ces derniers ils doivent se lever, se découvrir, retirer la pipe et rester immobiles.

Art. 8. Chaque prisonnier doit dormir dans sa tente, et il ne doit pas quitter la ligne des tentes sans permission. Il est défendu d'entrer en liaison avec les civils, et les lettres à envoyer doivent toutes passer par les mains des commandants de compagnie ; de même il n'est pas permis de recevoir des lettres autrement.

Art. 9. Le commandant demande avant tout le plus grand ordre, la plus sévère discipline, et il dépend de la conduite des prisonniers que le commandant adoucisse leur sort ou qu'il prenne des dispositions plus rigoureuses.

Art. 10. L'aumônier du camp qui viendra faire la visite doit être regardé comme supérieur, et chaque prisonnier doit lui rendre les honneurs.

A partir du 27, les journaux ne seront plus reçus par les prisonniers.

Tous les prisonniers portent sur l'épaule un carré de toile blanche sur lequel est inscrit le numéro de la compagnie et le nom du prisonnier.

Quant aux officiers — maréchaux compris — le règlement leur enjoint de ne pas franchir l'enceinte, de rentrer avant dix heures, de ne recevoir ni expédier de lettres que par l'entremise du gouverneur, de considérer tout officier prussien, depuis le sous-lieutenant, comme leur supérieur, de les saluer les premiers, de se rendre tous les jours au rapport dans une salle où les ordres du gouvernement leur sont communiqués, enfin, d'obéir à toutes les exigences de l'état-major de la place.

Afin de se soustraire à la partie la plus vexatoire de ce règlement — celle qui ordonne de saluer les officiers prussiens — presque tous les Français s'habillent en bourgeois. Une somme très-minime leur est allouée pour leur subsistance : 45 francs par mois jusqu'au grade de commandant, et 92 francs jusqu'à celui de maréchal de France inclusivement. Il faut y ajouter les secours distribués parfois aux plus nécesiteux par les sociétés internationales. Les repas se prennent généralement en commun, par groupes formés selon les sympathies personnelles, au *Café de Paris*, le cabaret à la mode de Mayence ou dans les restaurants. Le prix est invariable : vingt-cinq sous environ par tête.

Dans ces réunions se commentent les nouvelles du jour, on rappelle les souvenirs de la désastreuse campagne, on se communique des notes, des travaux que préparent les officiers les plus capables sur les opérations de chaque corps d'armée.

Malgré la diversité des opinions politiques, il est certains sentiments qui sont partagés de la façon la plus unanime : la haine des Prussiens, cela va sans dire, et le mépris de l'empereur et de ses maréchaux.

Ce dernier sentiment est si bien marqué à Mayence que les généraux et officiers dévoués à l'empire ont dû quitter la place et se réfugier à Wiesbaden, où ils partagent leur temps entre les complots impérialistes, la roulette et la société des courtisanes émigrées — un trio d'occupations tout à fait digne de pareilles gens.

Personne, à Mayence, ne portait les insignes de la Légion d'honneur, tant était grande l'indignation contre tout ce qui rappelait l'empire. L'arrivée des officiers à Metz, qui débarquèrent tout chamarrés de décorations, y fit scandale.

Je dois dire aussi que le mépris de l'empire était doublé d'un sentiment analogue et aussi prononcé contre la délégation de Tours, personnifiée par M. Gambetta. On trouvait le langage de ce jeune avocat par trop cavalier ; ses allures dictatoriales, ses promotions faites d'emblée en faveur de gens de peu étaient regardées comme outrageantes pour l'armée. Autant on avait de respect pour Jules Favre, Trochu et les hommes de Paris, autant on était prévenu contre le ministre de Tours. Je n'approuve pas, je constate.

Aux premières nouvelles de la capitulation de

Metz, la tristesse et la stupeur s'emparèrent des prisonniers ; à l'arrivée des premiers convois, il y eut une explosion d'indignation. Les arrivants criaient à la trahison ; on entendait dans les rues la clameur des soldats, et cette clameur vengeresse retentissait encore dans les wagons qui emportaient les prisonniers jusqu'au fond de l'Allemagne. Ce navrant défilé dura six jours à travers Mayence. Celui qui a entendu comme moi les malédictions proférées en cette circonstance ne peut plus conserver le moindre doute sur le renversement définitif de la dynastie napoléonienne.

Les jours s'écoulaient pour moi au milieu de ces pénibles scènes, sans apporter aucun changement à ma situation. Pourtant, je savais que l'on ne m'oubliait point et que des ordres rigoureux avaient été donnés à mon égard ; mes lettres, je l'ai dit, ne me parvenaient plus. A mes réclamations, on répondait :

— Vous n'êtes pas un prisonnier ordinaire : vous êtes hors la loi ; nous ne pouvons rien pour vous ; adressez-vous directement à Son Excellence le chancelier.

Un jour, on me dit :

— Priez Dieu que votre situation n'empire pas. Dès lors, je résolus d'opposer la ruse à la violence. Moyennant quelques sacrifices d'argent, je nouai des intelligences avec un employé des bureaux du gouvernement. Je sus par lui que l'indulgence dont on avait fait preuve à mon égard en me laissant prisonnier sur parole avait été blâmée à la chancellerie de Versailles. D'autre part, j'appris, à mon grand étonnement, que les négociations entamées par notre ministre réclamaient mon élargissement plutôt comme une faveur que comme un droit. Enfin, je reçus l'avis que l'un des princes de la famille royale de Bavière ayant demandé ma mise en liberté, il lui avait été répondu, le 4 novembre, que j'étais libre et en route pour l'Espagne par la voie de Suisse. Je possède des documents officiels qui constatent tous ces faits.

Je me trouvais dans une singulière perplexité, lorsque l'employé du gouvernement, dont j'ai parlé plus haut, m'annonça qu'au lieu de l'ordre d'élargissement prétendument donné et exécuté, on avait envoyé au gouverneur de Mayence de nouvelles instructions pour m'arrêter une seconde fois et m'envoyer à Kœnigsberg. Cet ordre, arrivé le 6 novembre, devait être exécuté le 8, et je devais faire partie d'un convoi de prisonniers à interner en cette place de l'extrême frontière.

Dès lors, je résolus de m'évader. Un scrupule

me retenait encore. Pouvais-je rompre l'engagement juré sans forfaire à l'honneur?

Toutes les circonstances s'accumulaient pour me délier de la façon la plus complète; je voulus toutefois prendre conseil là-dessus.

Je consultai donc plusieurs officiers prisonniers et deux négociants de Mayence, dont la situation indépendante et les antécédents irréprochables garantissaient l'honorabilité. L'affaire clairement expliquée et réflexions faites, tous furent d'accord sur ces points : je n'étais pas strictement un prisonnier de guerre; toutes les garanties contre l'arbitraire me faisaient défaut; en m'arrêtant sans motif suffisant, on avait violé les principes élémentaires du droit des gens, et l'on m'avait placé hors la loi internationale; enfin, on avait commencé par violer la parole donnée de me laisser traverser les lignes prussiennes.

J'avais donc les meilleures raisons du monde de rompre un engagement imposé par la violence et nullement légal.

« — Vous êtes, ajouta l'un de mes conseillers, dans le cas d'un voyageur pris par des brigands, menacé de mort, et de qui l'on aurait exigé la promesse de ne pas chercher à fuir avant le paiement de sa rançon. Il est évident que si cet homme s'évade, il risque de recevoir une balle dans la tête, mais il ne forfait point à l'honneur. »

Je n'hésitai plus et préparai mon évasion. L'entreprise était dangereuse, car j'étais surveillé de près, et à l'hôtel même où je demeurais j'étais entouré d'espions. Je savais que tout prisonnier arrêté dans une tentative de fuite était fusillé sur-le-champ. Mais je préférais la mort à la condition qui m'était faite.

Je fus assez heureux pour réussir à m'échapper. Quant aux détails de mon évasion, je dois renoncer à les rapporter ici, malgré leur intérêt dramatique : ce serait désigner aux vengeances prussiennes les personnes généreuses qui m'ont aidé dans cette tâche difficile. C'est la même considération qui m'empêche de donner les noms de ceux qui approuvèrent ma fuite, après discussion approfondie de mon cas ; mais je suis prêt à lever tous ces voiles si on me donne des garanties en faveur de mes bienfaiteurs.

Enfin, après bien des dangers, après une nuit passée à la belle étoile, à Cologne, en proie à des angoisses continuelles, je parvins à franchir la frontière belge.

C'était le 8 novembre. Je n'oublierai jamais cette date.

La joie folle que j'éprouvai en touchant un sol

libre rend excusable un acte de représailles enfantines auquel je me livrai alors.

Je lançai de toutes mes forces au conducteur du train prussien, ce cri : « Au diable le chancelier! »

Rien ne répondit. Décidément je n'étais plus en Prusse, et je pouvais achever les strophes de Heine, commencées en entrant à Mayence :

« Je pris la poste, et je ne pus respirer librement que lors-
» que je fus en dehors de la forteresse, au milieu de la libre
» nature ! »

VI

Mon récit est terminé. Qu'il me soit permis d'ajouter quelques lignes de conclusion.

Quel est le seul fait allégué par M. de Bismark pour donner quelque apparence de légalité à mon arrestation?

Un article de journal écrit dans ce sens : « nécessité pour l'Europe d'intervenir après Sedan, et d'arrêter la lutte, sous peine de faiblesse dont les conséquences seraient fatales pour tout le monde; les peuples latins surtout pourraient avoir grandement à se repentir de l'abandon où ils laissaient la France. »

En quoi l'expression de telles idées pouvait-elle dépasser mes droits? M. de Bismark a-t-il songé à faire un procès à M. de Beust, par exemple, qui, plusieurs jours après moi, disait absolument la même chose dans une dépêche adressée au prince de Metternich, dépêche dont voici le texte :

« A notre avis, l'inertie de l'Europe en présence de la guerre actuelle est une faute regrettable, et nous croyons que si les cabinets s'entendaient pour offrir leurs bons offices, leur voix pourrait exercer une influence salutaire. Je transmets à Votre Altesse ci-joint copie d'une dépêche que j'ai adressée au comte Apponyi sur le même sujet.. J'y exprime clairement ma pensée, et je ne cache pas ma conviction que les puissances auraient une belle mission à remplir si elles essayaient de mettre un terme aux éventualités fatales de la guerre. »

M. de Bismark aurait fort à faire, d'ailleurs, s'il devait poursuivre tous ceux qui condamnent sa politique.

Au surplus sa colère s'explique par les confidences qu'il m'avait faites, et par la connaissance tardive de ma qualité de rédacteur d'un journal qui devait lui être odieux.

J'ai payé ce qu'il pouvait y avoir d'excessif dans l'attitude du *Gaulois* vis-à-vis de la Prusse. J'accepte les violences de M. de Bismark comme une compensation, heureux de m'acquitter ainsi, au nom du parti révolutionnaire espagnol, de notre dette envers un journal qui nous a aidé dans notre œuvre, sans que cela eût coûté un centime au trésor de mon pays.

Il me reste à protester contre les perfides insinuations faites à propos de mon évasion. Ai-je besoin de la justifier après le récit que je viens de faire? Mon droit ressort suffisamment des faits eux-mêmes. Si, après vingt-cinq jours de captivité, j'ai résolu de me soustraire à l'hospitalité forcée que m'offrait la Prusse, il me semble que j'avais pour cela des raisons suffisantes et que je pouvais hardiment suivre l'avis de mes conseillers de Mayence.

Il y a évidemment, dans toute cette affaire, mauvaise foi et manque de parole, mais ce n'est point de mon côté : j'ai été attiré à Versailles sous la garantie donnée par le prince royal, et je suis tombé dans un véritable guet-apens, sous prétexte de permission de traverser les lignes; en outre, j'ai été soumis au traitement que l'on sait.

Pour me condamner et absoudre la Prusse, il faudrait renverser toutes les lois de la justice universelle. Je pourrais alors répondre, comme

M. Wondthonst, l'ancien ministre hanovrien, a répondu ces jours derniers aux mandataires de M. de Bismark, qui cherchaient à excuser les violences contre les radicaux : « Je crois me trouver en présence d'une jurisprudence de corps de garde, à laquelle je n'ai rien à répliquer. »

Toutefois, je le répète, je n'éprouve ni haine ni colère. Sorti sain et sauf de ma petite odyssée, j'irai même jusqu'à avouer que je ne suis pas fâché de l'aventure.

Elle m'a permis de voir de fort près une des figures les plus originales de ce temps : en outre, d'étudier sur le vif des mœurs et des types d'un haut intérêt ; elle m'a surtout permis d'affirmer les sentiments dont mon cœur est rempli envers la France. C'est pourquoi je me trouve largement payé.

Il est bien entendu que je ne prétends pas faire le procès complet du militarisme prussien, et encore moins celui de l'Allemagne, d'après les vilaines impressions que j'ai eues dans le voyage. Les procédés de soudard dont j'ai été victime n'ôtent rien à la gloire germanique, devant laquelle il serait absurde de ne pas s'incliner. Même dans mon excursion tragi-comique à travers une armée grisée par la victoire, au milieu des rudesses et des grossièretés de toute sorte, j'ai trouvé des gens d'une parfaite courtoisie et d'une haute distinction.

Quant à Son Excellence le chancelier, je demanderai humblement la permission d'introduire certaine réserve dans l'admiration que j'ai pour lui. Certes, M. de Bismark est un homme prodigieux; rien ne paraît étranger à ce vaste esprit chez qui l'intuition et la profondeur prennent des allures de double vue presque surnaturelle. Génie soit, — mais, à coup sûr, le mauvais génie de l'Allemagne.

« Rien ne réussit en France comme le succès, » a dit madame de Staël. Elle aurait pu dire cela également de l'Allemagne.

Le succès des plans bismarkiens ne prouve rien, sinon que le chancelier avait pour l'obtenir un instrument parfait, l'armée prussienne et un complice sans pareil, l'incapacité napoléonienne. Ce n'est pas lui qui a fabriqué cette machine aussi admirable qu'odieuse qui, après avoir accompli l'asservissement de l'Allemagne, poursuit aujourd'hui son travail sur l'Europe; l'inepte despotisme de l'empire n'est pas non plus son œuvre. La gloire récoltée à l'aide de ces deux éléments ne revient donc pas tout entière à M. de Bismark.

Dans l'entretien que j'ai eu l'honneur d'avoir avec

elle, Son Excellence, on se le rappelle, me parla de la décrépitude de notre race, prédisant la déchéance du monde latin et l'avénement de la jeune Allemagne à l'empire du monde.

Celui qui nous accuse ainsi d'être vieux et usés, et qui revendique pour lui la jeunesse, la force et l'originalité comme autant de titres à la direction des affaires du monde, ne voit pas que sa prétendue jeunesse est une décrépitude et que son originalité remonte à l'antiquité la plus respectable ; la race latine, au contraire, rentre en enfance à force de se rajeunir continuellement par son esprit généreux et libéral.

L'unité de l'Allemagne sous le sceptre prussien : tel est le but que cet homme poursuit aujourd'hui, « en se frayant un passage à travers tous les obstacles », comme il l'a dit lui-même en pleine assemblée.

Et quelle est la philosophie de cette royauté ? Hegel et Gneist nous l'apprennent — deux personnages *suffisamment* autorisés :

« L'état est l'incarnation sublime du moi raisonnable et sa véritable cause finale. Il est devant la société plus qu'un arbitre et un garant, le grand éducateur chargé d'élever les hommes à la vie morale par les impôts de toute nature qu'il exige d'eux, de les classer par les emplois et les distinctions qu'il leur accorde, de les moraliser par les institutions et les habitudes qu'il leur impose, — institutions dont *la plus salutaire et la plus précieuse est le service militaire obligatoire et universel.* »

Voilà quel est le programme mille fois prôné, commenté, solennellement affiché de l'organisation que M. de Bismark et son maître veulent imposer à l'Allemagne d'abord, ensuite à l'Europe entière.

Et votre Excellence appelle cela du neuf!

Mais c'est le monde romain ressuscité, l'idéal du pouvoir absolu et la centralisation poussée jusqu'aux dernières limites.

Vous travaillez dans le vieux, monsieur le comte, et n'êtes qu'un simple descendant de ces Germains que le Marseillais Pithéas trouva déjà plongés dans la servitude 340 ans avant Jésus-Christ. Ce que vous prenez pour nouveautés ne sont que vieilles friperies depuis longtemps reléguées par nous autres latins dans les museums, où elles ne servent qu'à perpétuer la mémoire d'un passé heureusement disparu.

Pour nous, nous cherchons un système où l'état se trouve aussi subordonné que possible à la société. Votre état n'est qu'un insupportable tyran, que nous voulons réduire au rôle de valet, le rendre notre serviteur et point notre maître. Nous cherchons cet idéal dans les constitutions démocratiques où les libertés individuelles ont la plus large place, et d'où l'initiative du pouvoir exécutif disparaît complétement.

Voilà qui est jeune et original.

Si la vérité politique, c'est-à-dire le bonheur des peuples, était dans les principes dont vous vous dites l'apôtre, et dont vous n'êtes que le résurrectionniste, il y a longtemps que nous autres latins serions dans l'âge d'or.

Votre régime a déjà rendu tout ce qu'il pouvait rendre, la campagne de France est son produit suprême.

Je suis citoyen d'un pays dont on disait naguère que le soleil ne s'y couchait point : j'ai appris dans notre histoire nationale que de semblables grandeurs sont toujours suivies de terribles décadences. Les peuples qui s'en font les instruments les paient fort cher, de leur liberté d'abord (votre peuple en est là), de leur prospérité matérielle ensuite (il y arrivera prochainement).

Vous êtes grand, sans doute — grand par le talent, grand par l'influence, grand, parce que vous êtes le ministre de la force; vous ne resterez grand pour la postérité qu'à la condition de changer de programme et d'aller plus loin que nous, à la tête de vos Allemands, sur la route de l'émancipation humaine.

Bruxelles, 15 novembre 1870.

FIN.

TABLE DES MATIÈRES

CONTENUES DANS CET OUVRAGE.

www.ingramcontent.com/pod-product-compliance
Ingram Content Group UK Ltd.
Pitfield, Milton Keynes, MK11 3LW, UK
UKHW012052240726
13965UKWH00003B/1221

9 782013 039239